KB069976

아주 사적인 / 궁궐 산책

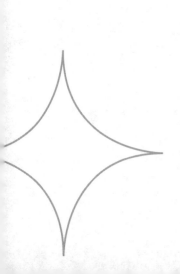

K-궁궐을 여행하는 히치하이커를 위한 안내서

아주
사적인 ——————— 궁궐
산책

김서울 에세이

정신없는 공사 현장과 온갖 시위대를 지나
광화문을 통과하면 다른 차원의 세상이 펼쳐진다.
주변의 공기가 돌연 차분해지는 그 순간이 좋다.

창경궁 통명전 안에서 문을 열면 바로 석조 다리가 보인다.
다리 아래로 찰랑하게 물이 차오른 시내와
그 주변에 피어난 꽃들을 보며 숨 돌릴 여유를 찾았을
궁궐 여인들의 얼굴을 떠올려본다.

오랜 시간에 걸쳐 여러 번 덧입혔을 색색의 단청과
근대식 조명, 조선 특유의 노랑을 담은 커튼까지.
중력을 따라 위에서 아래로 색이 흘러내린 것만 같은
창덕궁 인정전 내부를 보고 있으면
이상하게도 마음이 편안해진다.

괴석에 살짝 비눗물을 발라놓고
그 옆에 앉아 바람을 기다리는 상상을 한다.
이 구멍들 사이사이로 방울이 나오면 무척 귀여울 텐데.
그런 생각을 하다 보면
괴석에서 피리 소리가 들려오는 것 같다.

비가 내리면 오래된 향나무의 색이 더욱 짙어진다.
500년의 세월을 견뎌온 창덕궁 선원전의 향나무가
얼마나 깊은 향을 내는지 코를 바짝 가져다 댄다.

쓰다듬고 싶어지는 복슬복슬한 등,
배 아래 깔린 뒷발과 난간의 모서리를 야무지게 잡은 앞발,
볼록하게 올라온 이마와 뿔, 메롱 하는 혓바닥,
수로 아래 물에 집중하느라 살짝 방심한 엉덩이.
어느 부분이 가장 좋은지, 인기투표라도 부쳐보고 싶다.

돌계단을 보면 괜스레 설레곤 했다.
특히 홀로 산책을 하다 이런 길을 만나면
비밀스레 숨겨진 보물을 발견한 기분에 마음이 두근거렸다.
따뜻하게 내리쬐는 햇볕, 그 옆의 부드러운 나무와 풀들.
이런 고궁을 어떻게 거부할 수 있을까.

프롤로그

박물관과는 꽤 오래 친분을 쌓아온 나지만 궁궐에 대해서는 데면데면했었다. 솔직히 말하자면 나는 조선의 궁이라는 공간을 썩 좋아하지 않았다. 이제는 사라져버린 나라의 왕궁이라니, 어감부터 유쾌하지 않았다. 근현대 이전, 철저한 계급 사회였던 조선의 최상위층 계급이 사용하던 공간을 (조선시대의 인구 비율을 생각하면 높은 가능성으로 평민에 속했을) 21세기의 내가 좋아해야 할 이유를 별달리 찾지 못했다는 게 더 정확한 표현이겠다.

이제는 유적에 불과한 조선의 고궁을 놓고 지금까지도 왕이 존재하는 것처럼 저자세를 취하는 일부 사람들을 보면서 가슴 한구석이 불편해지기도 했다. '아무리 역사를 품은 공간이라지만 저렇게까지 칭송하면서 (때로는 비통해하면서) 존경을 표해야 하나?' 하는 미묘한 거부감 혹은 비뚤어진 마음.

박물관과 유물을 좋아한다고 하면 당연히 고궁 또한 좋아하겠거니 기대하며 나를 바라보는 시선도 부담스러웠다. 이렇게 차츰 궁궐과 나 사이에 보이지 않는 벽이 쌓이던 차였다. 그러다 궁에 관한 이야기를 글로 풀어낼 기회가 생겼다. 프리랜서 작가로 성공하고 싶다는 원대한 꿈에 비해 지나치게 소박한 생활을 하던 나에게는 거부하기 어려울 만큼 매력적인 제안이었다. 궁과는 아직 서먹하던 때였기에 낯선 문화재에 가까이 다가가볼 좋은 계기가 되겠다고도 생각했다.

자신도 있었다. 이전의 저서에서도 짧게 밝힌 적 있지만 공교육 과정부터 학부 시절까지 내 역사 점수는 낙제 직전이었고 성인이 된 이후에도 박물관이나 유물은 내 인생과 거의 상관이 없는 키워드였다. 그런데 불화와 탱화, 전통회화를 공부하고 문지방이 닳도록 박물관을 드나들며 글을 쓰다 보니 어느새 내 이름 앞에는 '유물 애호가'라는 수식어가 붙게 되었다. 이렇게 박물관을 향한 애정 역시 예정된 바가 아니었기에 고궁도 좋아할 수 있지 않을까 하는 안일한 마음으로 궁에 드나들기 시작했다.

오랜 시간에 걸쳐 쓴 글에는 글쓴이의 감정 변화가 자연스레 묻어나기 마련이다. 계절이 몇 차례 바뀌는 동안 고궁을 오가며 쓴 글을 살펴보니 내 마음의 변화가 읽혀 신기하기도 재미있기도 했다. 간지러운 표현이지만 사랑에 빠지는 과정을 보는 기분이었다. 처음의 글에는 궁궐과 나 사이의 어색한 거리감이 자아낸 겸연쩍고 샐쭉한 표정이 담겼고, 나중의 글에는 내가 좋아할 수밖에 없는 궁의 면면을 발견하고서 사르르 풀려버린 마음이 녹아들었다. 글을 모두 정리하고 보니 궁을 향한 애정을 속절없이 쏟아내고 있는 내가 거기 있었다.

이 책을 읽는 이들도 그 감정 변화를 눈치챌 수 있을 것이다. 원래부터 궁을 좋아하던 사람이라면 어딘가 웃기기도 할 테고 예전의 나처럼 조선의 궁에 왠지 모를 거리감을 느끼던 사람이라면 마음의 벽을 얼마쯤 허물고 이번 주말엔 궁으로 발걸음을 해볼 수도 있다. 그렇게 된다면 무척 기쁘겠다.

몇 사람이 산책을 함께하기도 어려운 때지만 조그만 여행객 무리를 이끌고 궁궐 이곳저곳을 함께 걷는 상상을 해보았다. 앞장서서 깃발을 든 가이드치고는 지나치게 개인적인 감상을 많이 늘어놓는 데다 이 궁 저 궁을 얼렁뚱땅 넘나들며 뒤따르는 관람객의 혼을 쏙 빼놓겠지만 말이다. 이게 모두 궁궐 산책을 막 시작한 여행자들에게 궁궐의 예쁜 구석만 보여주려는 나의 소심한 계획이자 계략이다. 모쪼록 이 책을 읽은 후에는 궁궐을 거닐며 한 번이라도 더 미소 짓게 되기를 조심스레 기대해 본다.

2021년 봄

김서울

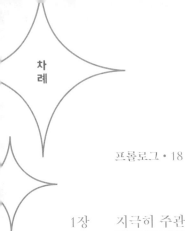

**차
례**

1장

지극히 주관적인

궁궐 취향

안내서

궁을 여러 차례 산책하면서 주변 지인들에게 서울의 어느 궁을 가장 좋아하는지 입버릇처럼 묻곤 했다. 다양한 대답을 들으며 한 가지 의외였던 점은 생각보다 많은 사람들이 서울의 다섯 궁을 개별적으로 인지하지 않고 '궁궐'이라는 하나의 덩어리로 적당히 뭉뚱그려 생각한다는 사실이었다. 유명한 전각이나 포인트가 되는 특정 부분들은 알고 있지만 왜인지 경계가 흐릿한 느낌이었다.

　지면을 통해서나마 많은 사람들에게 궁궐과의 소개팅을 주선하는 입장에서 먼저 각 궁궐의 캐릭터를 대략적으로라도 설명하고 싶다. 물론 나는 결혼정보회사 직원도 한국관광공사 직원도 아니기 때문에 다섯 궁의 스펙을 구체적으로 읊지는 않을 것이다.

　그럴 여력도 지면도 역량도 부족하거니와 이미 온·오프라인에 학술적 근거를 탄탄히 갖춘 정보들이 잘 정리되어 있다. 이번 장에서는 그저 아는 친구를 소개시켜 준다는 가벼운 마음으로 서울의 궁궐을 반복해 드나들며 각각의 궁궐에서 받은 인상을 간략하게 정리해보려고 한다.

　사람도 그렇듯 궁 역시 보는 이에 따라 느낌이 달라질 수 있다. 특히 공간에 대한 감상이나 호오는 개인의 취향이나 경험에 따라 크게 달라지기에 말하기가 더욱 조심스러워진다. 하지만 하나만큼은 자신할 수 있는데, 어딘지 의뭉스러운 소개팅 주선자나 홈쇼핑 쇼호스트처럼 쓰지는 않았다는 것이다.

　우리나라 대표 문화재라는 이유로 "매력적으로 생겼어 ^^;(나는 잘 모르겠지만 네가 매력을 발견해봐 파이팅)" 같은 말로 애써 포장하지는 않았다는 뜻이다. 앞서 프롤로그에서도 밝혔지만 살짝 삐딱한 시선으로 궁궐 산책을 시작했기에 오히려 남들보다 냉정하게 바라본 측면이 있다. 실은 너무 솔직했나 싶은 부분 때문에 조금 걱정이 된다.

　더불어 1장은 이 책을 작업하며 가장 마지막에 썼다. 궁을 향한 애정이 최고조에 달한 상태에서 쓴 글인 셈이다. 어쨌든 결

론적으로 궁궐 산책을 권하는 책인 만큼 궁을 적극적으로 영업하고 싶은 욕심이 있어 일부러 마지막으로 미뤄두었다. 원래가 덕후들은 혼자 흥이 나서 묻지도 않은 말을 신나게 떠드는 법이고 근처에서 아무 생각 없이 그걸 듣던 머글이 어느새 영업을 당하고는 하니까.

지극히 주관적인 감상이기 때문에 문화재청이나 궁능유적본부의 궁궐 영업법과는 크게 다를 것이다. 누군가는 근본이 없다고, 깊이가 없다고 할 수도 있고 내 눈엔 그렇게 보이지 않는다고 반기를 들 수도 있을 텐데, 그런 평까지 모두 즐거움이 되었으면 한다. 소개팅이라는 게 그런 것이지 않나.

책을 차례로 읽다 보면 알겠지만 1장 이후로는 궁궐을 돌과 나무로 가차 없이 분해해 다섯 궁을 다소 산만하게 오간다. 그렇기에 서울의 궁궐 유적에 대한 정보나 지식이 전혀 없었다면 이 장을 통해 머릿속에 어렴풋하게나마 개별 궁궐의 이미지를 그려볼 수 있으면 좋겠다.

더불어 '궁궐이 다 그게 그거지'라고 생각한 사람이 있다면 각 궁궐의 개성을 이해하고 어떤 궁이 자신의 취향에 더 맞는지를 파악하는 데 다음에 이어질 글들이 도움이 되었으면 한다.

01.
초심자도
마니아도
궁며드는

창덕궁은 궁을 제대로 즐기는 궁궐 마스터 관람객이 사시사철 즐겨 찾는 궁이다. 서울의 다섯 궁궐 중 우리가 '조선의 궁' 하면 흔히 떠올리는 요소를 가장 많이 볼 수 있는 데다 후원까지 있어서 도심 속 산책을 즐기고 싶은 이들의 욕구도 충족시켜 주는 곳이니 어쩌면 당연한 일일지도 모른다.

그러면서도 나머지 네 개 궁과 달리 '근처 번화가에 들르는 김에 겸사겸사 가보기'가 잘 안 되는 궁이 또 창덕궁이다. 광화문과 인사동에서도 거리가 있고 대학로와도 떨어져 있어 정확히 궁궐 관람을 목적으로 길을 나서지 않고서는 좀처럼 가보기가 어렵다. 어쩐지 고고함이 느껴진달까.

매표소에서 입장권을 끊어 창덕궁에 들어가면 짙은 초록의 회화나무군이 가장 먼저 관람객을 반긴다. 정문에서 바로 오른쪽으로 진입하도록 되어 있는 금천교를 건너면 그 뒤로는 얼핏 미로 같은 고궁 길을 걷게 되는데, 광화문만 넘으면 가장 안쪽 전각까지 일직선으로 쭉 뻗어 나가는 경복궁과는 확실히 다른 느낌을 준다.

만약 시간이 허락한다면 머지 않은 간격으로 두 개 이상의 궁을 방문해보면 좋겠다. 경복궁과 창덕궁만 해도 이렇게 다르고, 서울 다섯 개 궁 모두가 각각의 개성이 있다. 이전에 방문

했던 궁에 대한 기억이 흐려지기 전에 다른 궁을 탐색해보면 각각의 궁이 저마다 어떻게 다른지를 단번에 체감할 수 있고, 나아가 내 취향에는 어느 궁이 더 맞는지도 수월하게 가늠해 볼 수 있다.

창덕궁 방문객들은 대개 앞선 관람객의 걸음을 따라 오른쪽으로 방문 지도를 넓혀 나간다. 같은 방향으로 몇 분 걷다 보면 왼쪽에서는 창덕궁의 정전(국가 및 왕실 행사를 하던 의례용 건물)인 인정전을 볼 수 있고 그즈음에 양쪽으로 갈라진 길을 만나게 된다.

어떤 길을 택하든 청기와를 얹은 선정전, 백골집(단청을 하지 않은 전각)으로 만들어진 낙선재, 홍매화, 살구나무, 감나무 등 다양한 고궁 전각과 계절에 따라 색을 달리하는 나무를 골고루 만날 수 있고 덕분에 궁이라는 공간이 익숙지 않은 초심자도 즐겁게 발걸음을 이리저리 옮길 수 있다.

대부분이 근현대에 복원되어 반들반들한 경복궁 전각에 비하면 진짜 조선시대 건물이 많다는 점도, 가장 많은 왕실 사람들이 가장 오래 사용한 공간이면서 가깝게는 1980년대 후반까지 왕실 후손들이 실제로 생활하던 궁이었다는 점도 창덕궁의 인기 요인인 것 같다.

많이 알려져 있듯 일본에서 돌아온 영친왕비(이방자 여사)와 덕혜옹주가 1960년대부터 1980년대까지 창덕궁 낙선재에서 살다가 세상을 떠났다. 당시 텔레비전 뉴스를 통해 덕혜옹주가 낙선재에서 생활하던 때의 모습을 보여주기도 했는데, 벽과 바닥은 지금 남아 있는 모습과 대체로 비슷했고 의자와 텔레비전, 장식장, 옷가지 등 평범한 살림집에서 쓰는 물건들이 여기저기에 놓여 있었다.

왕비의 생활공간인 대조전 일대에서도 실제 사용되던 가구와 조명을 몇 가지 볼 수 있어(물론 복원된 것이지만) 당시 사람들의 일상을 어렴풋하게나마 그려보게 된다.

길게는 수백 년의 세월을 견뎌온 전각과 고작 수십 년 전 사람이 남겨놓은 친숙한 생활감. 지금은 아무도 살지 않는 공간이지만 분명 사람이 살았었다는 감각을 창덕궁에서 많이들 느끼는 것 같다. 궁궐 산책을 좋아하는 지인 여럿도 창덕궁을 최애 궁으로 꼽는다. 특유의 아늑한 분위기가 좋다고 하면서.

처음 이 책을 쓰기로 마음먹었을 때 궁과 어떻게 친해지면 좋을지가 가장 걱정되었다. 언뜻 익숙한 문화재였지만 막상 조목조목 뜯어보려니 까마득하게 느껴졌다. 그렇게 겁을 먹고 있을 때 궁궐 산책에 재미를 붙이게 해준 궁 역시 이곳 창덕궁이었다.

　언제든 아래로 떨어져 터져도 이상하지 않을 만큼 잘 익은 감이 주렁주렁 열린 감나무를 만난 것도, 매서운 추위가 곳곳에 스며 관람객 하나 없이 썰렁하던 겨울 고궁을 거닐어본 것도, 내복을 입지 않은 걸 후회하며 꽃샘추위에 맞서 후원을 걸었던 것도, 연둣빛의 새싹과 봄꽃들이 화사하게 피어나는 궁궐 풍경을 본 것도 모두 창덕궁에서였다.

　결국 창덕궁은 서울의 궁을 본격적으로 살펴보자고 다짐한 후 가장 많이 들른 궁이 되었다. 이제는 길과 전각 이름까지 전부 외웠는데 신기하게도 아직까지 지겹지가 않다. 이렇게 궁궐 초심자도 마니아도 '궁며들게' 하는 매력이 있는 궁이 창덕궁이 아닐까.

02.
광화문 한복판
도망칠 구석

경복궁은 어쩐지 중후하고 엄숙한 어른의 이미지를 지니고 있다. 서울 중심부에 자리한 데다 전통문화 관광 코스나 한국을 소개하는 영상에 빠지지 않고 등장하는 광화문을 대문으로 하는 궁이기에 '정통 조선의 궁궐'이라는 고정관념이 있는 것 같다. 하지만 굳이 따지자면 경복궁은 나이 어린 건물이 가장 많은, 비교적 젊은 궁이다. 그렇다고 경복궁이 전통적이지 않다는 말은 아니다('전통적'이라는 말에 대해 저마다가 다른 생각을 하는 듯하지만).

조선 초기, 한양을 도읍으로 정하고 북악산 앞터를 궁궐 자리로 잡아 경복궁을 지었지만 경복궁에 살았던 왕은 생각보다 많지 않다. 조선의 세 번째 왕 태종이 경복궁 동쪽에 창덕궁을 새로 지은 이후 세종 같은 모범생 타입의 임금을 제외하고는 대부분 창덕궁을 주요 생활공간으로 삼았다.

경복궁은 쭉 뻗은 육조거리—지금의 광화문 앞 대로—부터 궁궐 정문인 광화문, 정전인 근정전과 왕실 가족의 거주 공간인 강녕전, 교태전까지가 모두 일직선으로 자리해 있다. 왕이 사는 곳이니 대문이 열려 있지는 않았지만 밖의 소란스러운 시장과 국가기관 청사, 임금이 눕는 자리까지가 모두 일자로 놓여 있었던 것이다.

전통적인 궁궐 건축법에 따라 정석으로 지은 멋진 궁궐이지만 다리를 뻗고 편히 누워 쉴 만한 '집다운 집'은 아니었으리라. 요즘의 감각으로 상상해보면 아침에 일어나 현관문을 열면 바로 회사 건물이 시야 중앙에 들어오는 구조니까. 조선 왕들도 이런 부분에서 현대인과 비슷한 불편을 느꼈는지 건물의 중심축이 조금씩 비틀려 사생활을 더 보장받을 수 있는 창덕궁에 많이 머물렀다.

다만 식습관을 제외한 모든 면에서 정석 모범생에 가까웠던 세종만이 경복궁을 주궁으로 삼았다. 기록에 따르면 경복궁의 경회루를 가장 많이 사용한 왕도 세종이라고 한다. 정말이지 공부도 휴식도 정해놓은 방법에 따라 최선을 다했던 왕이다.

그렇게 조선 초기 이후 국가 행사용 궁으로만 쓰이던 경복궁은 임진왜란으로 그마저도 거의 전소해 공터로 남았고 복원되지 않은 상태로 몇 세기가량이 지났다. 그러다 조선 후기 흥선대원군이 경복궁 중건에 대한 부정적인 민심을 뒤로하고 비어 있던 중앙 궁궐터를 다시 채우기 시작했다.

당시 경복궁 중건에 대한 백성들의 좋지 않은 시선이 노래 〈경복궁 타령〉의 가사에 그대로 남아 있다. '조선 여덟 도 유명한 돌은 경복궁 짓는 데 주춧돌 감 / 우리나라 좋은 나무는 경복궁 중건에 다 들어간다'든지 '석수장과 도편수(건축을 지휘하는 우두머리 목수)가 정신 못 차리고 갈팡질팡한다'든지. '경복궁 역사(공사)가 언제 끝나 그리던 가속(가족)을 만나볼까'처럼 건축 현장에서 일하는 인부들의 원망과 애환이 담긴 노랫말도 있다.

이처럼 나라의 좋은 나무와 돌을 몽땅 모아서 힘겹게 새로 지은 경복궁이건만 이 역시 일제강점기와 한국전쟁을 거치며 많은 부분이 소실되고 말았다. 그리고 2020년대인 현재까지도 많은 전각이 복원, 수리 중에 있다.

이런 이유 탓에 내게 경복궁은 항상 시끄럽고 복잡스러운 이미지였다. 무엇보다 경복궁에 가려면 온갖 시위에서 틀어대는 노랫소리와 확성기에서 퍼져 나오는 커다란 목소리, 흙과 건축 자재가 그대로 나와 있는 공사 현장 등으로 언제나 난장판인 광화문을 반드시 통과해야 했다.

코로나 이후 좀 잠잠해졌지만 대규모 시위가 있는 날이면 광화문 쪽은 쳐다보지도 않게 된 데다 어쩌다 시위가 없는 날씨 좋은 날에도 단체 관광객으로 광화문 주변이 발 디딜 틈 없어지는 풍경을 보고 나면 경복궁 방문을 자꾸만 다음으로 미루게 되었고 이렇게 경복궁과는 영영 멀어지나 싶었다.

그러면서도 마음 한구석에는 항상 경복궁을 향한 부채감이 있었다. 오래 미뤄둔 숙제 같달까, 전통을 공부하고 유물을 다루는 일을 하면서 조선과 조선의 왕실, 왕이 머물렀던 대표적인 공간을 이렇게 계속해서 못 본 체하면 안 될 텐데 하는 강박 비슷한 감정.

하지만 코로나 탓에 썰렁해진 경복궁에 발을 들이면서 이런 이미지가 크게 반전되었다. 버스에서 내려 (여전히) 소란스러운 광화문 대로변을 걷다 경복궁 권역으로 들어서니 어딘가 모르게 쓸쓸해 보이는, 한적한 고궁 풍경이 나를 맞았다.

가리는 것 없이 시원하게 펼쳐지는 평지. 그제야 경복궁과 나, 조선과 나를 갈라놓는 것만 같던 높은 돌담이 번잡한 서울 풍경을 잠시나마 잊게 해주는 보호막처럼 느껴졌고 전각 사이사이로 스민 다정함과 안락함이 눈에 들어왔다.

직선으로 시원하게 뻗은 길을 따라 궁궐 부지 안쪽으로 깊이 들어갈수록 낮은 건물과 오래된 나무, 녹지가 주는 편안함에 매료되었다. 사실 도심 한가운데, 그것도 땅값 비싸기로는 어디서도 뒤지지 않는 서울 중심부에 전각도 몇 개 없는 궁궐 터를 그대로 보존하기란 쉬운 일이 아닐 텐데 복원되지 못한 곳은 빈 터 그대로 둔 채 누구나 드나들 수 있는 편안한 공간으로 남아주었다는 사실이 새삼 고맙게 느껴졌다. 사는 사람은 부담스러웠겠지만 직선으로 올곧게 뻗은 전각 배치가 만들어 낸 단순한 산책로도 왠지 모를 안정감을 주었다.

혹시 번잡스러운 분위기가 싫다는, 나와 비슷한 이유로 경복궁을 멀리했던 사람이 있다면 편견은 내려놓고 다시 경복궁에 가보자. 여유가 된다면 궁의 가장 안쪽까지 걸어보기를 권한다(방문객들 다수가 안쪽까지는 들어가지 않는 듯했다). 앞을 보고 직선으로 쭉 걷기만 하면 되니 길도 찾기 쉽다.

두 번째 문인 흥례문만 지나도 궁 안쪽이 광화문 바깥에 비해 얼마나 고요한지가 바로 체감되고, 안쪽으로 들어갈수록 이곳이 내가 아는 그 서울의 한가운데라는 사실을 믿을 수 없게 된다. 그러다 다시 광화문에 가까워지고 익숙한 자동차 소음이 귓가에 들려오면, 얼른 되돌아서 궁궐 안쪽으로 도망치고 싶은 생각마저 든다.

03.
한국적인
너무나 한국적인

덕수궁은 중첩의 공간이다. 조선시대를 통과한 궁이라면 어디든 그런 면이 있겠지만 덕수궁은 특히나 시대의 중첩, 양식의 중첩이 잘 드러난다. 따지고 보면 첫 시작부터 덕수궁은 중첩이라는 특성을 가질 수밖에 없는 공간이 아니었나 싶다.

임진왜란 후 한양으로 돌아온 광해군이 전쟁으로 폐허가 된 경복궁과 동궐(창덕궁과 창경궁)을 사용하기 어렵게 되자 경복궁 인근에 있던 정릉의 민가를 구입하거나 빌려 임시로 궁을 꾸몄고 경운궁이라는 이름을 붙였다. 시작부터가 일반 민가에 왕궁이라는 레이어를 덧입히는 방식으로 출발한 것이다.

그러나 경운궁의 쓰임도 얼마 가지 못했고 그나마도 다음 왕인 인조가 임시 궁으로 쓰던 전각들을 (즉조당과 석어당을 제외하고) 다시 원래 집주인에게 돌려주면서 이 궁의 존재감은 거의 300년 가까이 잊히게 되었다.

경운궁은 대한제국 시기에 들어서야 다시 주목받기 시작한다. 경복궁과 동궐을 벗어나 일제의 견제를 피해 안심하고 머무를 수 있는 공간을 찾던 고종은 해외 공사관(지금의 대사관) 밀집 지역 인근의 경운궁 부지를 선택해 이름을 덕수궁으로 바꾸고 궁궐 중건에 착수했다.

흥선대원군이 경복궁을 중건했던 것처럼 아들인 고종 역시

덕수궁 부지 안에 궁궐 건물들을 새롭게 세운 것인데, 이 과정에서 영국인 하딩에게 석조전 설계를 맡기는가 하면 화재로 소실된 중명전과 대안문(대한문)을 수리했다.

그 결과 덕수궁에는 조선시대 전통 건축물인 즉조당과 석어당, 고종 대에 새로 수리한 중명전과 대한문, 그리고 다른 궁에서는 볼 수 없는 서양식 건물인 석조전 등이 동시에 자리하게 되었다. 우여곡절을 겪은 조선 후기와 대한제국 시기처럼 덕수궁 역시 여러 시간이 혼재되고 중첩된 궁으로 남게 된 것이다.

현대에 들어서는 무엇보다 대한제국을 선포한 고종의 야심이 담긴, '우리나라 최초의 서양식 건물'이라는 화려한 타이틀을 달고 있는 석조전이 덕수궁의 최대 인기 요인으로 꼽히는 것 같다. 기본적인 구조는 그리스나 로마의 신전을 떠올리게 하는 신고전주의 양식을 따랐지만 실제로 보면 생각보다 아담한 느낌인데, 층고도 실제 유럽의 것보다 낮고 기둥 사이의 간격도 좁은 편이다. 물론 주변의 조선시대 전각보다는 큰 규모지만.

석조전의 내부 인테리어 역시 당시 영국의 왕실과 귀족 가문에 가구를 공급하던 메이플 사에 주문 제작한 가구를 놓아 전부 서양식으로 꾸몄다. 그러나 석조전의 본래 주인인 고종은 이 건물을 오래 써보지도 못하고 옆 전각인 함녕전에서 승하했고 그 이후 왕실 사람들의 임시 거처와 미술관으로 사용되다 2000년대 복원 사업을 거쳐 현재는 미술관과 역사전시관으로 사용되고 있다.

이렇게 다양한 양식의 건물이 넓지 않은 부지 안에 미니어처처럼 옹기종기 모여 있는 궁이 덕수궁이다. 덕분에 고개를 돌릴 때마다 색다른 풍경이 펼쳐진다. 분수대에서 석조전을 마주하면 근대 서양식 건물과 뒤편의 현대식 건물이 중첩되는 모습이, 다시 시선을 틀면 우리가 익히 아는 조선시대 궁궐 전각과 고층 빌딩이 겹쳐지는 모습이 보인다.

궁의 입구인 대한문 쪽으로 몸을 완전히 돌리면 서울시의 구청사(현재는 도서관)를 덮치는 거대한 파도 형태의 새로운 청사도 한눈에 들어온다. 그걸 보면서는 왠지 머릿속이 복잡해졌지만, 동시에 참 한국적인 풍경이라는 생각이 들었다.

덕수궁은 서울의 궁 가운데 국내 인기가 특히 높다. 남녀노소에게 두루 사랑받고 있는데 젊은 사람들이 더 많이 눈에 띈다. 다양한 시대의 레이어가 중첩되어 있어 여러 가지를 한 번에 맛보고 싶어 하는 한국인의 취향에 딱 맞고, 인스타그램에 어울리는 사진을 찍기에도 제격이다. 같은 옷을 입고서도 유럽

풍 건물 앞에 서서, 전통 궁궐 전각(그것도 단청이 된 건물과 안 된 건물 골고루) 앞에 서서, 봄이면 꽃이 흐드러지게 피는 나무 앞에 서서 셔터를 계속 누르게 되니 말이다.

접근성도 좋고, 근처에 맛집도 많고, 크지 않아서 짧은 시간에 휘리릭 둘러보기에도 편하다. 그야말로 한국인이 좋아할 수밖에 없는 궁이랄까. 누군가는 조선-틱하지 않다고, 혹은 통일감이 없어 정신없다고 할 수도 있겠지만 바로 그 정신없음이 덕수궁을 현재 가장 한국적인 궁으로 만들어주고 있는 게 아닐까?

물과 꿀이
흐르는

2020년대에 우리가 만나는 서울의 궁궐 중 물이 흐르는 곳은 거의 없다. 조선시대의 조상님들은 모든 궁에 배산임수의 지형을 축소해 넣기 위해 어떻게든 물길을 끌어와 입구에 수로를 만들고 온갖 깜찍한 돌짐승을 토핑으로 얹은 다리를 정성스레 만들었지만 현재 궁궐 입구의 다리 아래는 대부분 바짝 말라 있다.

비가 오는 날이 아니면 보송하다 못해 버석한 돌바닥이 관람객을 맞는 것이다. 공간 자체가 문화재인 궁궐이기에 보존을 위해서는 보송함을 유지하는 쪽이 유리하지만 이런 환경은 한편으로 돌다리의 원래 쓰임과 그 주변 풍경을 잊게 한다.

그런데 창경궁에는 물이 흐른다. 창덕궁 후원 안쪽에서도 물이 흐르는 옥류천을 볼 수 있지만 궁궐 정문과 전각 곁에 물이 흐르는 곳은 창경궁이 유일하다. 연못은 다른 궁에서도 종종 보이는데 고여 있는 물은 흐르는 물처럼 주위 풍경에 생동감을 더하지는 못한다. 연못이 멋진 풍경이 되는 순간도 멈춰 있던 물의 표면이 바람을 받아 흔들리며 윤슬을 보여줄 때가 아닌가.

창경궁의 정문인 홍화문에 들어서면 바로 옥천교가 보인다. 그 아래 흐르는 물은 궁 뒤편의 연못 춘당지와 연결되고 춘당

지 뒤로 후원을 따라 물길을 쭉 연결하면 북악산에 닿는다. 산골짜기를 따라 흘러 내려온 물이 작은 연못을 만들고 나무와 들꽃 옆으로 소리를 내며 고궁 풍경에 촉촉함을 더하는 것이다. 서울이라는 대도시에 있다 보면 여간해서는 흐르는 물소리를 듣기 어려운데 궁궐처럼 자연스레 노이즈캔슬링이 되는 환경이라면 고요 속에서 작게나마 물소리를 들을 수 있다.

덤으로 그 물길을 졸졸 따라가다 보면 물가에서 여유를 즐기는 작은 동물 친구들도 만나게 된다. 수로 옆 관목 사이에서 햇볕을 즐기며 뒹굴거리는, 유난히 몸집이 작은 창경궁 고양이들과 그런 고양이의 눈치를 보다 수로에 내려앉아 목욕을 즐기는 작은 새들.

거기다 흐르는 물은 돌다리의 원래 쓰임을 상기시켜 준다. 다른 궁에서는 그저 길이나 바닥의 일부 같았던 돌다리가 물이 있으니 실제 다리로 사용되는 것이다. 문화재나 유적 하면 대개 정적인 이미지를 떠올리는데, 흐르는 물이라는 요소 하나만으로 훨씬 생동감 넘치는 공간이 된달까.

남아 있는 궁궐 정전 가운데 가장 오래된 정전인 명정전을 품은 창경궁은 궁궐 유적 특유의 고즈넉함과 시냇물이 주는 생동감이 공존하는 곳이다. 경복궁과 마찬가지로 많은 전각이 사라졌지만 그 공백을 메우고도 남는 매력이 넘친다.

멍 때리기가 필요해졌다면 대로변의 홍화문으로 입장해 오른쪽의 물품 보관소 옆으로 가보자. 졸졸 흐르는 시내와 그 위를 오가며 물에 떠내려온 열매를 주워 먹는 까치, 돌다리 위를 종종거리며 오가는 사람들, 그 옆으로 단정하게 조성된 화단까지 평화로운 풍경을 한없이 구경할 수 있다.

여담이지만 창경궁의 대문은 두 곳에 있다. 창덕궁과 연결된 함양문, 대로변에서 서울대학교 병원을 마주하고 있는 홍화문이다. 창경궁은 15세기 세 명의 대비를 위한 궁으로 건축되었다. 창덕궁만으로는 공간이 부족해지자 왕실 여성들을 위한 주거 공간을 따로 마련한 것이다.

이런 이유로 왕실 사람들은 창덕궁과 연결된 문을 주로 사용했을 테고 그들이 편리하게 이용할 수 있도록 왕과 왕비의 생활공간 역시 그 문 가까이에 설치되었다. 반면 홍화문은 현재까지 남아 있는 궁궐 정문 가운데 유일하게 동쪽을 향해 있는 문이다(경희궁의 정문인 흥화문도 원래는 동쪽을 향해 있었지만 남향으로 복원되었다). 명정전과 숭문당(임금이 신하들과 함께 학문을 연구하고 국정을 협의하던 곳)은 홍화문과 같은 축으로 동향 배치되어 있고 왕실 사람들이 일상을 보내던 내전은 정전 뒤로

(창덕궁 가까이) 오밀조밀 숨어 있다.

궁의 전체적인 모양이 경복궁이나 창덕궁과 같이 위아래로 길쭉한 모양이 아니라 정전을 중심으로 양옆으로 날개를 펼치듯 늘어져 있는 셈이다. 함양문으로 입장하면(그러려면 먼저 창덕궁을 통과해야 하지만) 잘 가꾸어진 화사한 화단과 괴석분 장식을 감상하며 궁의 주인이 된 기분으로 궁을 감상할 수 있고 홍화문과 빈양문을 통해 내전으로 가면 궐에 방문한 손님의 시선으로 내부를 보게 된다. 입장하는 방법에 따라서도 감상이 크게 달라질 수 있으니 꼭 둘 다 경험해보면 좋겠다.

05.
없었는데요
있었습니다

언제나 관람객을 볼 수 있는 동궐 권역에 비해 반대쪽 서궐 경희궁은 방문객이 단 한 명도 없을 때가 많다(비유적 표현이 아니라 글자 그대로 '단 한 명도' 없다). 거리를 따지자면 창덕궁이나 창경궁보다 광화문에서 더 가까운데 존재감이 희미하고 인지도가 낮다 보니 다가가는 사람 자체가 적은 듯하다. 그나마 대기업 사옥과 교육청 청사가 이웃해 있어 그 존재와 특유의 아늑함을 아는 근처 직장인들이 점심시간에 산책 삼아 주위를 걷는 정도다.

경희궁은 원래 창덕궁과 비슷한 정도로 규모가 작지 않은 궁이었다. 영조가 일생의 많은 시간을 이 궐에서 보냈고 정조와 철종도 경희궁에 오래 머물렀다. '왕의 기운'을 품고 있다는 왕암(지금의 서암)을 좇아 광해군이 원래 살던 이를 내보내고 그 자리에 궁을 세운 이후 조선의 양 궐(동궐, 서궐) 체제에서 중요한 공간으로 사랑받았던 궁이다.

그러다 흥선대원군이 주도한 경복궁 중건을 위해 경희궁 전각의 90퍼센트 정도를 분해, 해체해 경복궁으로 가져가면서 궁의 흔적만 남게 되었다. 경복궁 중건 당시의 자료인《영건일기》에도 이런 내용이 빠짐없이 기록되어 있다. "서궐에서는 숭정전, 회상전, 정심합, 사현합, 흥정단만 남기고 나머지는 모두

헐었다. 목재를 가져왔더니 다수가 썩어 있어서 좋은 것을 골라 나인간(나인들의 공간)과 각사(관아) 건축에 사용했다.”

현재 경희궁에서 볼 수 있는 전각은 정전인 숭정전뿐이다. 그 이후로도 일제가 여기저기에 경희궁 건물을 팔아넘겼고 지금은 동국대학교와 사직단 뒤의 산 중턱에도 과거 경희궁이었던 건물 일부가 흩어져 있다.

조선시대 경희궁의 크기가 원래 얼마나 컸는지 궁금하다면 고려대학교 박물관이 소장하고 있는 유물 〈서궐도〉를 검색해 보시길. 창덕궁과 창경궁을 그린 〈동궐도〉(동아대학교, 고려대학교 소장)와 비교해보면 그 사이즈가 더 확연히 실감된다. 〈서궐도〉는 경희궁 입구에 있는 리플릿과 안내판에서도 간략하게 볼 수 있다.

소수이긴 하지만 경희궁이 이렇게 해체된 이유를 일제강점기에서 찾는 사람들이 있는데 완전히 틀린 이야기는 아니지만 경희궁이 해체된 가장 큰 이유는 경복궁 중건이었다. 거기에 일제가 빈 경희궁 부지 바로 옆에 학교를 짓는다든지 하는 식으로 땅을 사용했다.

해방 이후에는 서울고등학교가 경희궁 옛터를 사용하다가 강남으로 이전을 했고 이후 이 부지를 어떻게 할 것인지 여러 이야기가 오갔다. 현대 그룹을 포함한 많은 대기업이 광화문 인근의 왕암 부지를 사옥 자리로 탐냈고 언론에서 이를 이슈화하자 서울시가 땅을 매입해 서울역사박물관을 앉혔다.

그래서 '조선 왕조의 역사가 담긴 궁궐터를 깔고 앉은 몹쓸 박물관'이라는 이유로 이 박물관이 질타를 받기도 했다. 그런데 대기업 사옥보다는 국공립 박물관이 그나마 더 낫지 않나…? 거기다 서울역사박물관 반대편의 경희궁 서쪽 부지를 차지한 서울시 교육청 청사는 상대적으로 비판을 덜 받으니, 박물관 입장에서는 억울할 것 같다.

경희궁은 이렇게 흥선대원군과 일제, 대한민국의 시간을 통과하며 조선 후기의 기세등등했던 모습을 잃고 엄청나게 쪼그라든 상태로 광화문 서쪽 언덕 한편에 오도카니 서 있다. 아마 언덕이라는 입지도 관람객을 모으지 못하는 이유 중 하나일 것이다. 사람들은 오르막보다 평지를 좋아하니까. 창덕궁의 후원도 평지 구역은 관람객이 적지 않은데 (현대 직장인 체력 기준) 등산하듯 올라야 하는 옥류천 구역은 항상 한적한 편이다.

광화문에서 경희궁의 정문인 흥화문까지도 얕은 오르막이 이어지고 서울역사박물관 쪽에서 접근해도 경희궁에 들어가려면 결국 언덕을 올라야만 한다. 흥화문에서 궁 전각의 입구인 숭정문까지도 완만한 오르막 경사가 계속되다가 갑자기 바닥이 움푹 꺼지는 짧은 구간이 나온다.

그래서 숭정문 앞에서 경희궁을 정면으로 바라보면 궁이 말 그대로 '일어나 있는' 것처럼 보인다. 여기에서 또 진입 난도가 확 상승한다. 궁 안쪽에도 관람로를 잘 닦아놓지 않아서 노약자와 장애인 접근도 힘든 편이다.

이런 단점들이 있지만 꼭 한 번쯤은 방문해보길 추천한다. 궁 내외부가 복원이 잘되어 있지 않은 까닭에 곳곳에서 재미있는 풍경을 볼 수 있다. 여타 궁과 달리 '여기서부터는 궁궐입니다' 하는 경계가 흐릿해 정문을 지나서도 잔디 정원 같은 공간이 이어지고 이 길을 따라 직장인과 동네 사람들이 (종종 강아지와 함께) 산책을 오간다. 입장권도 따로 끊을 필요가 없어 누구나 자유롭게 오가는 공원의 느낌이 훨씬 더 강하다.

돗자리를 펴놓고 퍼져 있고 싶어지는 양지바른 잔디 구간 (엄연한 궁궐 부지이니 자리를 펴면 안 된다)을 지나 궁 안으로 들어가면 관리의 손길과 관람객의 발길이 닿지 않아 허술하게 방치된 숭정전이 나온다. 전각 앞쪽 바닥의 박석 사이로 연두색 풀들이 부숭부숭하게 자라 있는데 봄에는 제비꽃과 민들레가 얼굴을 내밀어 귀여운 풍경을 자아낸다.

엉성하게 이어진 전각과 행각(양옆으로 줄기둥이 늘어선 복도) 사이를 걸으며 안쪽으로 더 들어가면 궁의 맨 끝에서 경희궁 부지의 원래 주인이자 궁궐 건축의 목적이었던 서암을 만날 수 있다. 양지바르고 좋은 자리에 묵직하게 펼쳐진 커다란 바위는 한눈에 보기에도 기운이 좋아 보인다. 왜 광해군이 이 자리를 골라 궁을 세웠는지 알 것 같다.

동굴 입구 같기도 한 서암에는 두 줄기 물이 흐른다. 하나는 입구 같은 곳에 얕게 파 놓은 물길을 따라, 다른 하나는 반대편 궁궐 담벼락으로. 조선시대부터 흘렀던 물이라고 한다.

이제는 대부분의 전각이 사라지고 없지만 경희궁의 본체이자 정신이라 할 수 있는 서암이 현재까지 자리를 지키고 있고 가느다란 물줄기 역시 끈덕지게 궁궐 사이사이와 도시 아래로 흐르고 있는 것이다.

많은 이가 경희궁을 두고 '사지가 잘려나간 궐'이라는 둥 잔인한 표현도 서슴지 않지만 궁은 여전히 그 자리에 남아 같은 표정으로 한결같이 사람들을 기다린다. 흐릿하지만 다정하게, 그리고 끈질기게.

2장

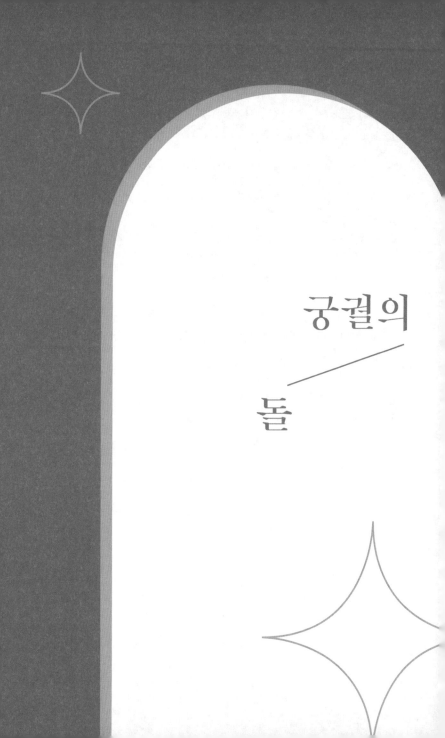

궁궐의

돌

나는 돌을 좋아한다.

'돌을 좋아한다'는 말이 약간 어색하게 들릴지 모르겠지만 나에게 이 말은 오므라이스를 좋아한다, 가을을 좋아한다, '솔의 눈'을 좋아한다고 말하는 것과 비슷하다.

돌은 지구 어디에나 있다. 어떻게 보면 지구라는 행성 자체도 거대한 돌이라고 할 수 있지 않을까? 이 세상에 돌이 없는 곳은 없다. 물이 가득한 바다 아래에도 거대한 암반과 암석으로 이루어진 지형이 존재하니까. 그만큼 돌이란 너무 흔한 존재라서 '돌을 좋아한다'는 취향은 어쩌면 '나는 숨 쉬는 것을 좋아한다'는 말처럼 들릴지도 모르겠다.

돌이 왜 그렇게 좋으냐고 묻는다면 나는 돌은 엄청나게 다양한 종류가 있고, 종류마다 독특한 개성이 있으며, 똑같은 모양과 색을 가진 돌은 단 하나뿐이고, 각각의 모양과 색은 그 돌이 만들어진 역사와 환경을 알려주는 데다, 돌은 어떤 상황과 배경에 놓아도 모두 잘 어울리기 때문이라고 숨도 쉬지 않고 말할 것이다.

상대가 아직 도망치기 전이고 시간이 더 있다면 내가 최근에 좋아하기 시작한 돌과 그 형태, 그 석재를 사용한 조각품, 그 조각품이 석재의 성질에 따라 어떻게 깎여 나가고 부러졌는지, 그 단면의 매력과 부드러운 촉감에 대해 읊어댈 것이다.

그리고 바위옷이라 불리는, 작은 숲을 닮은 선태류와 지의류가 단단한 돌을 어떻게 침식시키는지까지 말을 멈추지 못하리라. 물론 선태류 이야기를 꺼내기도 전에 웬만한 사람은 흥미를 잃고 말겠지만. 그래서 나는 이 모든 것들을 속으로 생각하며 홀로 돌을 향한 깊은 사랑을 외로이 키워갈 뿐이다.

한국에는 거대한 암반이 드러난 산이 많다. 유럽에서 쉽게 볼 수 있는 매끈한 대리석은 흔치 않지만 화산 활동과 강력한 압력으로 생성된, 거칠고 단단해서 왠지 모르게 듬직한 화강암은 어디서나 쉽게 볼 수 있다. 광화문과 경복궁 너머에 자리한 북악산도 산머리에 단단한 화강암을 드러내고 있지 않나. 어쩌면 한국인은 저도 모르게 가슴 깊은 곳에서 화강암에 대한 애정과 친숙함을 키워왔을지 모른다.

유럽에서처럼 수려한 대리석을 볼 수 없다는 사실에 실망하는 사람도 많다. 한국의 궁에서는 유럽의 궁 곳곳에 놓인, 금방이라도 살아 움직일 것 같은 매끈한 피부의 대리석 조각상은 찾기 힘들다. 대신 정강이뼈가 쪼개질 듯한 추위와 정수리를 녹여내는 더위, 돌연 찾아오는 태풍과 건조한 공기를 수백 년간 견디며 한결 같은 모습으로 서 있는 화강암이 있다. 나는 이것이 어쩐지 대단하게 느껴진다. 온실 속 화초 같은 대리석과 대비되는, 신화 속 장수 같달까.

서울의 궁에는 화강암으로 만든 석재가 가득하다. 궁의 마당에 깔리는 박석, 건물의 아래를 받치고 있는 월대, 땅과 건물의 기둥을 연결하는 초석 등 돌이 없다면 건물은 땅 위에 존재할 수 없고 또 하늘을 향해 서 있을 수 없다. 궁궐 전각의 나무 기둥 아래 석재 부분을 손으로 가려보자. 하늘에 둥실둥실 떠 있는, 공중 정원 같은 건물이 어색하게 느껴질 것이다.

흔히 궁궐에 가면 하늘을 향해 높이 뻗은 기와와 처마, 화려한 단청과 꽃살무늬 창을 눈과 카메라에 주로 담는다. 이런 요소도 물론 매력적이지만, 나는 자꾸만 위로 향하는 시선을 아래로 내려서, 주인공의 뒤를 받쳐주는 조력자처럼 궁의 모든 요소를 받치고 있는 돌에 대한 이야기를 먼저 하고 싶다.

원래도 나는 어릴 적부터 주인공 뒤의 조력자 캐릭터를 좋아했다. 주인공과 달리 극에서 오랜 시간을 들여 설명하지 않는 인물에 상상력을 자극받았고 '주인공 같은 건 안 되어도 괜찮다'는 듯한 태도가 어린 마음에 멋있게 느껴졌다. 어쩌면 그런 취향이 지금껏 이어지고 있는지 모른다.

날렵하게 쭉 뻗은 추녀 사진이 지겨워졌다면, 궁궐 건축물의 지붕 끝을 올려다보느라 목이 아팠던 적 있다면 전각 아래와 옆에 놓인 돌에 시선을 나눠보는 건 어떨까. 처음에는 이게 무슨 맛인가 싶겠지만 자세히 관찰하다 보면 돌의 슴슴한 매력에 분명 빠져들게 될 것이다.

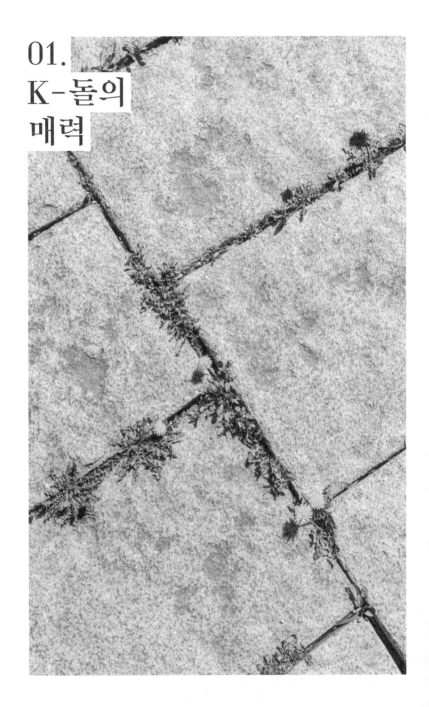

01.
K-돌의
매력

궁궐의 석조 유물을 소개하기 전에 우리나라의 대표적인 석재 원료부터 더 설명하고 싶다. 돌은 무겁기 때문에 공사 현장 인근에서 조달할 수밖에 없는 재료다. 옛날이야기에 나오는 것처럼 커다란 바위나 잘 다듬어진 석재가 제 발로 척척 걸어 찾아오는 게 가능했다면 인건비를 엄청 줄일 수 있었을 텐데… 안타깝게도 (당연히) 불가능한 일이다. 하지만 다행히 한반도의 지질 70퍼센트가 변성암과 화강암으로 구성되어 있어 많은 지역에서 질 좋은 화강암을 구할 수 있다.

궁궐 건축물을 짓거나 장식하는 데 더러 석재가 부족한 경우에는 개인 소유(?)의 돌을 구입하거나 개인 살림집을 통째로 사서 그 석재를 가져다 쓰기도 했다. 하지만 민가와 궁의 건축 규모 차이가 워낙 크기 때문에 쓸 만한 돌이 많지는 않아서 이 방법도 아주 유용하지는 않았다고 한다.

지반 아래 아주 깊은 곳에서 오랜 시간 엄청난 압력을 받아 생성된 화강암은 단단하고 튼튼하기로 유명하다. 건축 외장재로는 그만이라는 뜻이다. 목재 기둥이 다 삭아 사라질 동안에도 모양을 거의 그대로 유지할 정도로 화강암은 내구성이 훌륭하다.

석회암이나 사암, 대리석 같은 돌보다 습기에도 강해서 바닥이나 기둥에 쓰기에도 좋다. 석영과 장석, 흑운모, 각섬석 입자가 모자이크처럼 일정하게 배치되어 돌마다 무늬나 색도 고른 편이다. 다른 덩어리라도 무늬를 맞추는 수고를 할 필요가 없다는 의미다. 다른 종류의 돌에 비해 오염에도 강하고 햇빛이나 수분에 의한 색 변화도 크지 않아 건축 시공자와 건물주가 보기에는 여기저기 두루 무난하게 쓰기 좋은, 성격 좋은 돌이라 할 수 있다.

그러나 이렇게 말하면 그 돌을 손수 다루는 석장은 화를 낼지도 모르겠다. 그 단단한 성질 때문에 대리석처럼 세밀한 가공을 하기가 쉽지 않기 때문이다. 화강암을 조각할 때는 큰 못처럼 생긴 정과 망치를 사용하는데 한 번 두드릴 때 바로 원하는 선이나 모양이 나오는 게 아니라서 오랜 시간 수행하듯 정을 두드려야 한다.

그저 단단함 때문이라면 좀 나을 텐데, 미세한 입자들이 규칙성 없이 무작위로 조합된 것 같은 겉보기와 다르게 미묘한 결과 맥까지 있다고 한다. 이 보이지 않는 정맥에 자칫 잘못 힘이 들어가면 조각하던 덩어리가 안에서부터 알을 깨고 나오듯 투두둑(혹은 쩌억) 갈라진다고 하니 다루기 결코 쉬운 돌은 아니다. 오래 돌을 만진 장인이라면 그 맥과 결을 파악하는 눈이 있겠지만 그런 감각을 갖는 경지에 오르기까지가 같은 작업을 끝없이 반복해야 하는 고행길인 셈이다. 어쩐지 그마저도 화강암을 닮았다.

돌이라는 재료가 지우개도, '실행 취소' 버튼도 쓸 수 없고, 떨어진 재료를 다시 붙여 조각하기도 어려운 특성이 있어서 한번 잘못 손대면 원래 상태로는 절대 돌아갈 수 없고, 전체의 크기를 줄여 남은 돌로 조각을 하거나 새로운 덩어리에서 처음부터 다시 시작해야 한다.

그러니까 돌을 쪼는 일은 화강암을 닮은 성격의 사람이 아니라면 오래 하기 힘든 일이다. 그렇게 묵묵히 우직함을 쌓아왔을 석장이 궁궐 곳곳에서 해맑게 웃는 돌짐승을 조각했다고 생각하면 마음 한구석이 간질거려 온다.

화강암 다루기의 어려움은 또 있다. 워낙 밀도가 높고 무겁다 보니 길게 팔을 뻗은 모양이나 손가락을 우아하게 펼친 모양을 조각하면 그 부분이 금방 떨어져 버린다. 이 때문에 사람이든 동물이든 웬만하면 몸통에 사지를 착 붙이고 있는 자세를 조각하는 것이 유리하다. 우리나라 석불들을 보면 대개가 둥그런 인상에 팔과 다리를 몸에 붙인 포즈를 취하고 있다.

바닥을 받치거나 목재를 지지하는 용도의 건축 자재로는 무겁다는 특성이 장점이 되겠지만 미적 아름다움을 추구하는 조각을 위한 재료로는 한계와 단점이 된다. 만약 한반도에 화강암보다 대리석이 더 흔했다면 우리가 사찰과 박물관에서 보는 불상의 모습도 크게 달라졌을 것이다. 건축물과 석조 장식도 마찬가지다.

이 같은 단점을 어떻게든 극복해낸 장인이자 예술가들이 오랜 시간에 걸쳐 다양한 기술로 화강암을 가공해왔고, 그 결과 우리는 사찰과 고궁에서 살이 통통하게 오른, 뭉뚝하지만 부드러운 인상의 불상과 석수들을 만나게 되었다.

이렇게 단단한 돌이지만 세상 모든 것이 그러하듯이 화강암도 언젠가는 마모되고 부서진다. 구성물을 육안으로 구분할 수 있을 정도로 입자가 큰 만큼 표면에 이끼 등이 달라붙으면 그 뿌리 탓에 입자 조직의 짜임이 쉽게 헐거워진다. 그러면 표면의 알갱이가 모래처럼 부스스 떨어지게 된다. 우리나라 바닷가의 백사장 모래 대부분이 화강암의 부스러기라고 한다.

차를 타고 교외 도로를 지날 때 가끔 석재상 앞에 반듯하게 잘려 허옇게 빛나는 화강암이 쌓여 있는 것을 보게 된다. 우리가 문화재로 만나는 석조상과 건축 부재들도 처음에는 그렇게 새것 같은 모습이었을 테다. 그랬다가 여러 사람의 손을 타고,

비와 바람도 맞고, 흙 속에도 파묻혀가며 색이 바래고 표면이 포슬포슬 일어나 지금 같은 형태가 된 것이다.

궁을 거닐다 보면 가지런한 석재 난간이나 계단에서 새로 수리해 끼워 넣은 돌이 어색하게 빛나고 있는 것을 발견할 수 있다. 지금 우리 눈에는 이질적이지만 그 돌도 결국 시간이 흐르면 주변의 돌과 조화를 이루게 된다.

02.
체스판과
레드카펫 사이

체스를 소재로 한 넷플릭스 드라마 〈퀸즈 갬빗〉을 보면 체스 천재인 주인공이 잠들기 전 천장에 가공의 체스판을 그려 상상 체스를 두는 장면이 자주 나온다. 동양 문화권에서 자랐다면 아무래도 체스보다 바둑에 더 익숙하겠지만, 선으로 이루어진 바둑판과 단순한 형태의 바둑돌보다는 흑백이 교차하는 체스판과 길게 목을 늘인 체스 말 쪽이 시각적으로 더 강렬한 인상을 주는 것이 사실이다. 특히 극단의 대비를 보이는 체스판은 그 자체로 단번에 시선을 사로잡는다.

체스판 위에 올라가는 기물 역시 동글납작한 바둑 기석과 달리 동그란 머리를 가진 폰부터 서양식 탑을 연상시키는 록, 모르는 사람이 보기에도 중요하고 귀해 보이는 퀸과 킹까지 화려한 느낌이다. 유럽 등지의 박물관에서는 보석과 대리석을 이용해 그 화려함을 극대화시킨 과거 왕실의 체스 기물도 심심치 않게 볼 수 있다.

언젠가 한 도록의 부록으로 받은 〈동궐도〉 축소판 그림을 보면서 가장 인상적이었던 것이 체스판을 닮은 바닥의 돌 박석이었다. 박석은 전각 외부 공간의 바닥을 포장하는 포장재로 주로 왕실, 그중에서도 특히 정치나 의례를 운영하는 공간에 깔았다. 궁을 거닐다 보면 어떤 곳은 돌이 깔려 있고 어떤 곳은

그냥 흙바닥인 것이 이런 이유에서다.

　박석은 황해도와 강화도 석모도에서 가져온 돌을 일정한 크기로 얇게 저며서 타일을 깔듯 맞춰 놓는 방식으로 작업했다. 엄숙하고 위엄 있는 공간에만 한정적으로 쓰던 고급 장식이었고, 웅장함과 화려함으로는 어디에서도 빠지지 않는 경복궁 경회루에도 선조가 박석을 깔아보려고 하다가 반대 상소를 받고 그만둔 일이 있었다. 지금으로 치면 (느낌은 다르지만) 일종의 레드카펫 같은 역할을 했다고 볼 수 있다.

　외부에 깔던 포장재이다 보니 실내 바닥재처럼 빠듯하게 붙이지 않고 적당히 틈을 벌려 사이사이로 빗물이 흐르게 했다. 미끄러움을 방지할 수 있도록 매끈하게 다듬지도 않았다.

　〈동궐도〉 등 기록에 남은 것처럼 실제 체스판 같은 뚜렷한 색 대비를 보이는 것은 아니고, 채색한 돌을 사용했던 것도 아니지만 체스판 같은 오밀조밀한 박석 위로 올라서 있는 창덕궁 인정전을 보면 꼭 성을 지키는 킹 같다는 생각을 하게 된다. 더군다나 이 박석 위로 왕과 문관, 무관이 국가 행사를 위해 열을 맞춰 한 치의 흐트러짐 없이 서 있었을 모습을 상상하면 그야말로 박석이 깔린 궁궐의 앞마당 자체가 거대한 체스판이 아니었을까 한다.

03.
달구경
전망대

궁에 들어서면 대개 중요한 국가 의례를 치렀던 전각인 정전이 시야에 가장 먼저 들어온다. 그 정전 아래의 땅이 높이 올라와 있는 것도 쉽게 발견할 수 있는데, 이렇게 건물이 다른 곳보다 높이 올라갈 수 있도록 돕는 이 아랫단 부분을 월대라고 한다.

월대는 건물과 그 주변을 넓게 트고 다른 곳보다 바닥을 높여 그 위에 올라가는 구조물의 격을 높이는 역할을 했다. 지금은 서울 도심 속 궁이 수많은 고층 빌딩에 둘러싸여 전체적으로 움푹 들어간 모양을 하고 있지만 빌딩도 전봇대도 없던 조선시대에는 월대에 올라선 건물이 스카이라인의 고층부처럼 우뚝 솟은 형태로 보였으리라.

다시 말해 궁궐은 그 나름대로 조선시대의 고층 빌딩이었던 것이다. 월대는 그런 궁궐 전각의 받침대가 되어 건축물의 높이를 결정하는 중요한 건축 요소였다. 시야를 막는 방해물 없이 사방이 탁 트여 달을 구경하기 좋은, 평평하고 높은 곳이라는 의미를 담아 달 월月 자를 쓴다.

창덕궁을 비롯한 서울의 궁에서 가장 넓은 면적을 차지하고 있는 것이 바로 이 월대다. 건물의 품위를 높이고 바닥에서 반사판 역할을 해주어 전각을 한층 화사하게 보이도록 하는 데다 돌로 만들어져 생명력까지 긴, 고아한 궁궐의 구성 요소.

먼저 흙과 돌을 이용해 땅을 높이고 그 둘레와 위쪽을 단단한 화강암으로 마감해 월대를 올린 후에야 비로소 본격적인 궁궐 건축이 시작된다. 즉 월대를 만드는 일은 궁궐 공간을 계획하고 건축물을 배치하는 가장 기본적인 스케치 과정이었던 셈이다. 이 과정에서 수많은 돌이 수많은 사람의 손을 거쳐 다듬어지고 옮겨졌다.

각 잡힌 두부를 솜씨 좋게 썰어 놓은 듯한 지금의 모습이 되기까지 얼마나 오랜 시간이 걸렸을지, 지표면 아래에서 분출된 용암이 땅속에서 까마득한 시간 동안 엄청난 압력을 받으며 천천히 식어 탄생하는 땅의 열매 같은 화강암을 인간이 꺼내어 자르고 다듬어 건물의 받침으로 차곡차곡 놓기까지, 월대에 쌓인 서사를 상상하다 보면 낯선 시공간에 뚝 떨어진 기분이 든다.

궁궐의 여러 월대 중에서도 경복궁 경회루 앞 수정전 정면에 자리한 월대는 그 이름에 꼭 걸맞게 달을 구경하기 좋은 양지바른 곳에 위치해 있어 특히 인상적이다. 월대로 올라가는 계단만 정면에 세 개, 측면에 두 개로 길이 잘 닦여 있고 아마도 왕이 주로 사용했을 정면 중앙의 계단 양옆으로는 계단을 지키는 소맷돌까지 놓아두었다. 임금님이 자주 드나드는 전각이라고 신경을 쓴 티가 많이 난다.

창덕궁에서도 높은 월대 위에 자리한 전각을 여럿 볼 수 있다. 그다지 넓지 않은 부지에 여러 채의 건물이 옹기종기 모여 있는 창덕궁은 월대의 활용이 더욱 두드러진다. 다양한 높이로 월대를 쌓아 건물의 높낮이에 차이를 주어서 어느 전각에서나 햇빛을 넉넉하게 누릴 수 있도록 하는 한편 외부의 시선을 차단시켜 각각의 공간이 아늑한 분위기가 나도록 했다.

지금은 그 흔적이 거의 남아 있지 않지만 〈동궐도〉 등을 보면 왕실 사람들이 생활하던 전각의 월대 주위로 벽과 문을 세우고 빈 곳은 푸른 천을 걸어 구역을 구분하고 사생활을 보호했다는 걸 알 수 있다.

깊은 밤, 잠에 들지 못한 왕실 사람들이 전각 앞 월대로 나가 어떤 시선에도 구애받지 않고 조용히 달을 올려다보았을 풍경을 상상해본다. 그 시절 월대는 홀로 밤하늘 풍경을 즐길 수 있는 아늑한 개인 테라스이자 베란다였을 것이다.

04.
진짜 다리는
아니지만

건축물의 마루를 높여주는 동시에 목재 바닥이 썩는 것을 방지하는 주춧돌(초석)은 전각의 기둥을 받치는 믿음직한 파수꾼이지만 생각보다 기억에 오래 남지 않는다. 아무래도 바닥에 붙어 있는 데다 바로 위로 쭉 뻗은 목재 기둥과 추녀, 단청, 기와까지 시선을 사로잡는 요소가 많기 때문일 테다. 하지만 고궁 전각의 주춧돌은 우리 눈 가장 가까이에 있다.

　얼핏 보면 건물의 다리 같아서 금세 땅에서 발을 떼고 움직일 것 같은 착각을 불러일으키는 이 초석에 시선을 주기 시작하면 같은 용도라도 1미터가 훌쩍 넘는 장초석도 있고 간신히 발목 부근에 올 만큼 얕은 것도 있다는 사실을 알게 된다.

　성인 눈높이만큼 키가 큰 궁궐 장초석의 아래를 스윽 지나다 보면 머리 바로 위가 방바닥이라는 사실이 새삼스럽게 느껴진다. 동화 〈잭과 콩나무〉에 나오는 잭이 된 것만 같다. 저마다 모양도 제각각인데, 거인의 발목 같은 굵고 짧은 초석이 있는가 하면 기린의 다리 같은 가늘고 날렵한 초석도 있다.

　개인적으로 초석의 매력이 가장 잘 드러나는 곳이라 하면 궁에서 일하는 궁녀와 나인이 생활하던 전각의 짧은 툇마루 아래를 받치고 있는 작은 돌들이 먼저 떠오른다. 주의 깊게 살피지 않으면 눈에 잘 띄지 않지만 각자의 자리에서 할 일을 묵묵히

해내는 모습이 그 공간을 사용했던 사람들을 꼭 닮은 것 같아서, 잘하고 있다고 엉덩이를 두드려주고 싶달까.

물론 그런 작은 초석과 대비되게 크고 기다란 장초석도 곳곳에서 볼 수 있다. 가장 유명한 것은 아마 경복궁 경회루의 누하주일 텐데, 거대한 석주가 근위대처럼 열을 맞추어 각을 잡고 서 있는 모습을 보면 나까지 덩달아 든든한 기분이 든다. 그 아래를 직접 걸어볼 수 없다는 점이 아쉽긴 하지만.

창덕궁의 낙선재 장식벽 앞을 지키는 초석과 창덕궁 후원 부용지의 마스코트 부용정의 초석도 인상적이다. 이들에게 다른 점이 있다면 낙선재의 초석은 지면에, 부용정의 초석은 연못인 부용지의 수면에 맞닿아 있다는 것인데, 낙선재의 초석은 궁궐 다른 전각의 장초석보다 묘하게 짧고 통통한 느낌이라 마치 네 발로 지면을 딛고 앉아 있는 해치(혹은 강아지) 같은 인상을 풍긴다.

반면 부용정의 초석은 어느 각도에서 봐도 바지를 종아리 위로 걷어 올리고 물가에 발을 담근 모양 같다. 바람이 불어 그 주변의 수면이 흔들릴 때면 바지 아래 발이 간지럽지 않을까 싶으면서도 궁궐의 뒤편에서 연못에 발을 담근 채 한가로이 사계절을 즐기는 그 느긋함이 부러워진다.

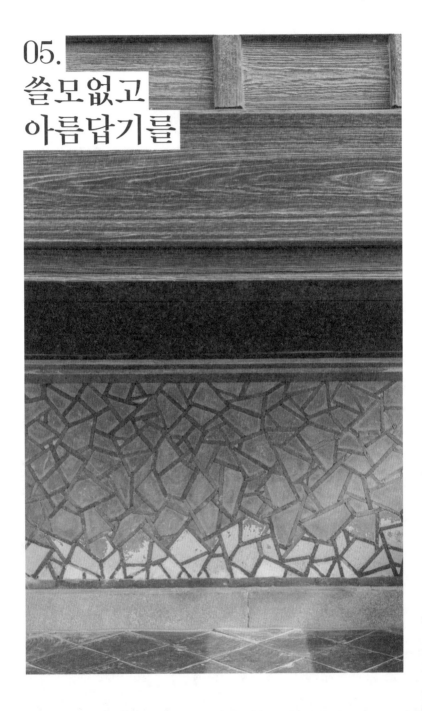

05.
쓸모없고
아름답기를

순전히 과시용으로, 기능성보다는 돌의 아름다움을 있는 그 대로 내보이기 위해 만든 사치스러운 돌들을 감상하는 것도 궁궐 산책에서 빼놓을 수 없는 재미다.

창덕궁 낙선재의 누마루 아래에서는 작은 돌 조각으로 만든 빙렬 무늬 장식벽을 볼 수 있는데, 이 벽은 뒤편의 아궁이를 가리는 용도로 만들어진 것이다. '얼음이 쪼개진 무늬'라는 이름의 장식을 아궁이 근처에 놓은 데는 화재를 방지하고자 하는 기원의 의미도 담겨 있다.

이 빙렬 무늬 벽과 바로 위 전각에 붙은 원형문을 비롯해 주변을 둘러보면 건축 때부터 이 전각에 얼마나 많은 공을 들였는지 짐작할 수 있다. 왕실 가족이 주로 머물던 생활공간이자 궁 전각 중 가장 최근까지 사람이 기거했던 대조전 및 낙선재 뒤편에는 근사한 괴석이 곳곳에 배치된 작은 정원도 섬세하게 조성되어 있는데, 월대로 지면 높이에 변주를 주고 각기 다른 꽃나무를 심어 두었다. 그 덕에 시선을 돌리는 곳마다 다채로운 풍경이 펼쳐진다. 또한 내부의 원형문과 창문을 액자 삼으면 그 풍경을 완전히 다른 감각으로 즐길 수 있다.

고궁을 거닐다 보면 곳곳에서 괴석도 자주 마주하게 된다. 창덕궁의 낙선재와 애련정, 경복궁 교태전 뒤의 아미산, 창경

궁 영춘헌 뒤쪽 등 집무 공간이 아닌 생활공간에 주로 놓여 있다. 아마 의식해서 보면 '궁궐에 괴석이 이렇게 많았나' 싶을 것이다.

유교를 숭상했던 조선시대에 돌은 그야말로 군자를 닮은 유교 사상의 집합체였다. 헤아리기조차 어려울 정도로 아득한 시간을 한결같은 모습으로 견뎌온 굳은 심지. 말없이 자리를 지키는 묵묵함과 믿음직스러움. 어느 모로 보나 돌은 유교적 덕목을 골고루 갖춘 칭송의 대상이었다. 따라서 조선시대 조상님들은 돌을 예술품으로서도 항상 눈 닿는 가까이에 두고자 했고 괴석은 그 취향을 제대로 저격한 물건이었다.

괴석은 궁궐에서 흔히 볼 수 있는 화강암과는 한눈에 보기에도 다르게 생겼다. 주로 석회암과 대리석으로 구성된 이 돌은 화강암보다 풍화에 약한 특성을 가지고 있다. 특히 수분 때문에 우리가 익히 아는 주름지고 구멍 난 독특한 형태를 띠게 되었고 구멍과 주름이 많을수록 그 가치는 더 높아진다. 한반도에서는 주로 개성 인근에서 많이 채석되었다.

조선인들은 이렇게 흔히 볼 수 없는, 중국 대륙의 거대한 산을 닮은 괴석을 생활공간 주변에 두고 감상하는 일을 풍류로 삼았다. 거기다 괴석은 수분을 빨아들이는 성질까지 있어 필연

적으로 표면에 이끼가 앉기 마련이었는데, 이 이끼 덕에 괴석을 멀리서 보면 영락없이 웅장한 산을 작게 축소한 모습으로 보였다.

경복궁 교태전 뒤로 흙을 쌓아 만든 낮은 언덕에 '산'이라는 이름을 붙이고 거기에 화사한 꽃나무와 괴석을 조화롭게 배치한 뒤 방 창문을 통해 그 경치를 즐겼을 조선 왕실 사람들. 거의 평생을 궁궐에서만 보내야 했던 그들에게 먼 지역에서 채취해 가져온, 중국 어딘가의 산을 닮았다는 이끼 낀 괴석은 바깥세상을 상상할 수 있는 유일한 파노라마였을 것이다.

이렇게 생각하면 어딘가 가엾다가도, 꽃이 만개하는 봄날부터 비 오는 날, 눈이 내리는 날까지 사계절의 날씨와 후원의 풍취가 조화를 이루는 모습을 오로지 왕실 사람이라는 이유로 방 안에서도 시시각각으로 만끽하는 호사를 누렸을 그들을 생각하면 살짝 씁쓸해진다. 지금은 궁을 방문하는 누구나 그 절경을 볼 수 있으니 다행인 일이다.

06.
지금은
힘자랑하는 데나
쓰고 있지만

자연석은 아니지만 돌을 닮은 재료도 궁궐 곳곳에서 만날 수 있다. 궁궐의 모든 건축물에 올라가 있는 기와다. 흙을 원료로 사람이 빚고 불이 굽는 기와는 한 장 한 장이 모두 다른 빛을 띤다. 제각기 다른 빛을 가진 기와가 지붕 위에 가지런히 줄지어 있는 모습을 보고 있으면 제주도의 현무암 모래와 까맣고 통통한 서리태가 담긴 주머니 같은 것이 떠오른다.

그중에서도 창덕궁의 인정전 너머로 보이는 선정전의 청기와는 단연 눈에 띈다. 날씨에 따라 빛이 달라져 궁을 찾을 때마다 다른 인상을 주는 독특한 기와인데, 19세기에 그려진 〈동궐도〉에도 선정전은 푸른빛의 기와를 얹고 있다. 요샛말로 인디고 블루라고 부르는, 깊은 청색을 가진 기와가 바로 앞의 선정전 복도 위 검은 톤의 기와와 기묘하게 어우러진다.

21세기 사람이라면 지붕 위의 기와보다 격파 시범 현장에서 와장창 깨질 운명으로 바닥에 세로로 쌓인 기와를 더 자주 봤을지도 모르겠다. 하지만 기와 제작 과정을 자세히 알고 나면 기와가 시원하게 격파되는 텔레비전 속 장면을 보기가 괴로워진다.

기와의 주원료인 흙을 채취하기 위해서는 지면에서 1미터 아래까지 땅을 파야 하고, 검은 흙, 붉은 흙, 노란 흙, 회색 흙을 일정한 비율로 섞어 반죽을 만든 다음 보름 정도 숙성시켜야 한다. 그런 후에 반죽을 판판하게 만들어 기둥에 감싸는 방식으로 형태를 잡고, 다시 바람이 잘 드는 곳에 모양이 어긋나지 않도록 일주일간 건조시켜 기와 제작용 대형 가마에 넣고 1천 도 이상의 온도에서 나흘 이상 굽는다.

이때 마지막 과정으로 가마의 거의 모든 구멍을 막는 작업을 하는데 그러면서 오갈 곳 없어진 가마 안의 연기(탄소)가 기와 속 기공으로 들어가 결과적으로 검회색 빛을 띤 기와가 세상에 나온다. 사람이 하는 일이다 보니 가마 안에서도 온도가 일정하지 못한 부분이 있고, 흙, 재 등에도 영향을 받아 붉거나 노란 빛을 띤 기와도 생긴다. 기와 한 장 한 장이 각기 다른 빛을 띠는 이유다.

과거에는 보통 기와 주문이 들어오면 그 수량에 맞춰 대형 가마를 특수 제작했고, 내부 온도를 1천 도 이상으로 유지하기 위해 장작을 한없이 쪼개 넣는 작업을 반복했다. 원료 채취와 반죽, 건조, 운반, 가마 제작 등에 투입되는 시간과 인력을 모두 합산해 가격을 매겼으므로 당시 기와의 값은 꽤 비싼 편이었다.

지금은 (다행히) 기와 공장에서 대량생산된 기와를 수십 장씩 가져다 손으로 발로 쪼개기도 하고 사극 액션 영화 같은 데서 하늘을 날듯 밟고 다니기도 하면서 힘자랑하는 데에도 쓸 수 있게 되었지만 말이다.

선정전에 사용된 청기와를 만들기 위해서는 훨씬 더 비싼 비용을 치러야 했다. 청색을 내기 위해서는 회회청이라고 하는, 중동에서 수입된 특수 안료를 사용해야 했고 화약과 탄약을 제작하는 데 사용되는 비싼 염초도 필요했다.

당시 기록으로 청기와 한 장이 여덟 냥에 거래되었다고 하는데, 흥선대원군이 경복궁을 중건하기 위해 근처의 민가를 헐 때 초가집 보상비로 다섯 냥을 주었다는 기록이 있으니 청기와 한 장이 일반 백성의 집 한 채보다 훨씬 비쌌던 셈이다.

그럼 그렇지. 처음 봤는데 이상하게 예쁘고 매력적인 것들은 알고 나면 대부분 말도 안 되게 비싼 것이지 않나. 이 청기와도 그렇다. 당시 물가 기준이긴 하지만 한 장에 집 한 채짜리 기와라고 생각하면 기묘한 죄책감이 스멀스멀 올라온다. 지금으로선 그저 아까운 마음으로 더 오래 보고 열심히 눈에 담는 수밖에.

07.
고궁의
돌짐승들

우리에게 반려동물은 이제 너무나 익숙한 존재다. 당장 스마트폰을 들어 SNS만 슬쩍 둘러보아도 자신의 반려동물을 향한 애정 넘치는 게시물을 심심치 않게 찾아볼 수 있다.

　추운 겨울날 동사 직전인 아기 고양이들을 얼떨결에 구조했다가 밤을 새워가며 돌보게 되었다는 사람, 십수 년을 함께한 가족이자 친구였던 개와의 영원한 작별을 알리는 사람, 매일같이 새로운 사고를 벌이는 사춘기(?) 강아지의 소행을 이르듯 공유하는 사람까지 저마다 사연도 가지각색이다.

　이들의 공통점이 있다면 '내 수명을 나눠 주어서라도 반려동물과 한순간이라도 더 오래 함께하고 싶다'는 바람일 것이다. 나 역시 손바닥만 했던 강아지의 성장을 멀리서나마 지켜보는 입장으로 동물들의 유난히 빠른 노화 속도가 원망스럽고 어쩐지 애달프게 느껴질 때가 있다.

　이집트에 남겨진 수많은 고양이와 강아지 석상, 익히 알려진 백제 무령왕릉의 석수 역시 반려동물이 오랫동안 생생한 모습으로 세상에 남아주길 바랐던 그 시대 사람들의 염원이 담긴 유물이 아닐까?

　한국의 석수 유물 가운데 가장 유명한 것은 앞서 언급한 공주 무령왕릉에서 발굴된 강아지 모양의 석수다. 토실토실한 몸

체에 머리에는 사슴뿔을 달고 있는데 영험한 그 모양만큼이나 효과가 좋았는지 몇 세기 이상 같은 모습으로 같은 자리에서 주인을 지켰다.

이처럼 조상님들은 동물 모양으로 조각한 돌을 귀한 자리에 모시며 안녕과 평안을 기원해왔다. 우리가 익히 아는 해치나 용부터 십이지신상, 사슴과 말을 닮은 천록, 불가사리까지 종류도 다양하다. 불가사리는 곰의 목에 코끼리의 코, 물소의 눈과 소의 꼬리, 호랑이의 다리를 가진 동물이라고 한다.

조선 왕궁에서도 돌짐승을 어렵지 않게 볼 수 있다. 왕이 일상을 보내던 공간이나 왕실 행사가 열리던 전각 주변에 많이 놓여 있는데 특히 경복궁은 여기가 동물원인가 싶을 만큼 유난히 석수가 많다.

아마 우리에게 가장 친숙한 고궁의 석수는 경복궁의 대문 앞에서 사람들을 반기는 해치상일 것이다. 광화문 광장의 상징이자 서울시의 상징으로도 사용되고 있어 한층 더 익숙한데 지금은 광화문에 자리해 있지만 원래는 육조 거리, 오늘날의 광화문 대로와 광화문 사이에 멀찍이 자리를 잡고 궁에 들어가는 이들을 지켜보았다고 한다.

조선시대에는 궁궐이 인근에서 가장 높은 건물이었고 이 해치상 역시 고개를 위로 치켜들어야만 볼 수 있는 몇 안 되는 조형물이었으리라. 앞발은 당당하게 펴고 엉덩이를 내린 채 고개를 틀고 있는 모습이 어쩐지 장난감을 눈앞에 둔 강아지나 고양이를 떠오르게 하지만 성인 평균 신장을 훌쩍 넘는 눈높이에서 산과 궁을 배경 삼아 오가는 이를 감시했을 풍경을 상상하면 그 인상이 달리 보이기도 한다.

구석구석 매력이 많은 석수지만 나는 이 해치상을 받치고 있는 단의 장식을 좋아한다. 윗단은 해치가 앉아 있는 위쪽으로 활짝 핀 연꽃무늬—앙련 무늬라고 한다—가, 아랫단은 바닥을 향한 연꽃무늬—복련 무늬—가 조각되어 있고 그 사이에도 송이송이 피어난 탐스러운 연꽃을 더해 넣었다.

돌로 만든 것이긴 하지만 예쁘게 수를 놓은 고급 목화 방석을 몇 겹이나 깔고 있는 강아지 같달까. 반려동물을 위해 보드랍고 푹신한 마약 방석을 몇 개씩 사두는 사람들이 생각나 푸슬푸슬 웃음이 난다.

이 해치상을 엉덩이 쪽에서 보면 또 다른 재미를 느낄 수 있다. 몸 쪽으로 바짝 말아 올린, 핫도그를 닮은 통통한 꼬리 옆으로 곱슬곱슬한 털이 나와 있는데 가까이서 보면 해치가 반곱슬 장모종이라는 TMI도 알게 된다. 내 키가 좀 컸다면 나도 모르게 손을 뻗어 쓰다듬어봤을지도 모르겠다.

　해치상이 지키는 광화문을 지나면 다른 궁과 마찬가지로 경복궁에서도 돌다리를 하나 마주하게 된다. 석재를 매끈하게 가공해 만든 영제교다. 이 다리의 네 귀퉁이에도 곱게 꼬리를 감은 채 지나가는 이에게 미소를 건네는 석수가 앉아 있다.

　대개 전통 건축에서 다리 난간의 마지막 기둥 위에는 연꽃 봉우리 장식을 올리는 경우가 많은데, 창덕궁의 금천교, 경복궁의 영제교 등 궁궐 안 석조 다리 끝에는 동물을 조각해 올렸다. 창덕궁의 것은 깜찍한 인상이고 경복궁 영제교의 석수들은 더 날카로운 느낌이다. 하지만 영제교의 아이들도 호텔 정문을 지키는 매니저처럼 분명 친절하고 야무지게 웃고 있으니 그 매력적인 표정을 자세히 봐주면 좋겠다.

　사실 경복궁 영제교의 인기 스타는 따로 있다. 대중매체와 SNS에 많이 소개된, 혓바닥을 내밀고 있는('메롱') 서수로, 다리 아래 수로에서 볼 수 있다. 귀여운 혓바닥도, 머리 위로 납작하게 누운 뿔 하나도 개성이 넘친다. 실제 동물이 몸을 낮춰 웅크린 듯한 모습으로 머리의 뿔까지도 둥근 체형과 하나가 되어 몹시 사랑스럽다.

　반면 귀엽고 깜찍하기로는 뒤지지 않는데 조금 덜 알려진 석수를 창덕궁 금천교에서 볼 수 있다. 다리의 네 귀퉁이 앙련 무늬 방석 위에 소담스럽게 앉아 있는 네 친구들이다. 이 석수들은 영제교의 아이들보다 크기가 더 작고 통통한 느낌이라 실제 강아지와 고양이를 떠올리지 않을 수가 없다.

게다가 저마다 다른 포즈와 표정을 짓고 있어서 보는 재미가 배가된다. 망고스틴을 닮은 오동통한 발을 바닥에 대고 뿌듯한 표정으로 정면을 응시하고 있는 친구부터 고개를 살포시 틀고 엉덩이를 반쯤 내린 채 다정한 미소를 짓고 있는 친구까지, 가만히 보다 보면 나도 모르게 그 토실한 엉덩이를 토닥이거나 앞발을 쓰다듬고 싶어진다.

금천교 아래에도 남쪽으로는 몸집이 더 큰 해치가, 북쪽으로는 거북이(현무)가 앉아 있고, 그 위 난간과 다리 사이에도 총 여덟 마리의 석수가 조각되어 있다. 경복궁 영제교에도 혀를 내밀어 물을 마시려는 친구 주변에 같은 품종으로 보이는 동물이 여럿 엎드려 있는데, 하나같이 은근히 입을 벌린 채로 물이 흘렀을 다리 아래를 내려다보고 있다. 그때는 다리 아래로 잉어 여러 마리가 헤엄치고 있었을지도 모르겠다. 그 모습이 마치 강이나 하천 언저리에서 낚싯대를 드리워놓고 한없이 물멍을 때리는 우리 같다.

창덕궁의 금천교나 경복궁의 영제교나 지금은 말라 있지만 과거에는 다리 아래로 물이 흘렀다. 평화롭게 흐르는 물과 나이 든 나무로 둘러싸인 석조 다리, 그 주변의 상상 속 동물 십수 마리까지, 판타지 동화를 연상시키는 전경을 보고 있자면 먼 옛날 이 모든 것을 구상하고 조각했을 석공의 정체가 궁금해진다.

아이와 동물을 사랑하는 정 많은 이가 아니었을까? 석수를 하나씩 완성할 때마다 애정을 듬뿍 담아 등을 어루만지며 궁을 잘 부탁한다고 기원하던 사람이 아니었을까? 동물과 어린이를 애정 어린 시선으로 가만히 들여다본 사람이 아니고서는 익살맞으면서도 귀여운 동물의 표정을 석조상에 이토록 생생하게 담을 수 없었으리라.

궁의 다른 석수에서도 석공의 독특한 취향은 종종 드러난다. 이를테면 경복궁 근정전 앞 십이지상 중 말 조각상이 그렇다. 자로 잰 듯한 짧은 뱅 헤어라니, 대체 저 패셔너블한 앞머리는 누가 잘라준 걸까? 실제 모델이 있었던 걸까? 그 독특한 형태에 한동안 눈을 뗄 수가 없어 가만히 보았더니 매력적인 앞머리와 말이 깔고 앉은 아랫단의 진주 같은 구슬 장식이 하나의 세트처럼 보이기도 했다.

이 밖에도 근정전 앞 돌기둥 위에서 제각기 다른 표정으로 다른 곳을 바라보며 유치원 소풍날 단체사진 속 아이들처럼 산만하게 사방을 경계하는 모서리의 서수들이나 경회루에 자리를 잡고 있는, 코끼리를 닮은 불가사리상 등 호기심과 웃음을 자아내는 돌짐승들이 궁궐 곳곳에 포진해 있다.

3장

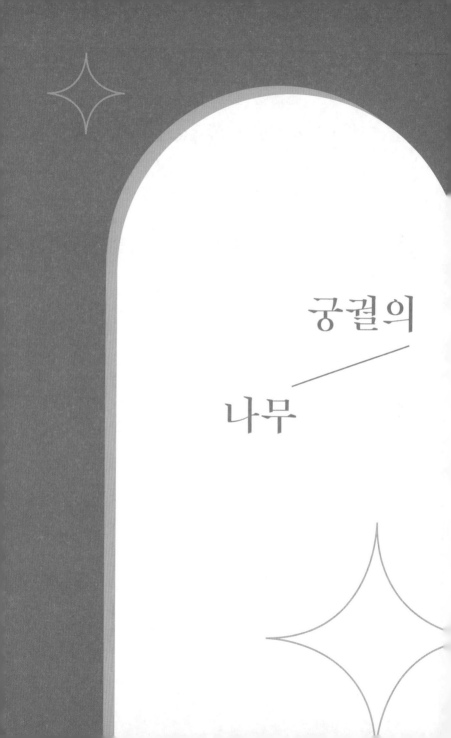

궁궐의

나무

나는 아무리 잘 봐주어도 도시라고 하기는 어려운 지역에서 나고 자라며 매일같이 소나무 숲 사이사이를 휘저으며 놀았다. 이런 유년 시절 경험 때문인지 성인이 되어서도 습관처럼 나무가 있는 곳을 찾아 다녔다. 숲은 바라지도 않았다. 땅에 떨어진 나뭇잎이라도, 볼품없이 쪼그라든 가로수 한 그루라도 더 많이 있는 쪽으로 나도 모르게 발과 몸이 향했다.

나무 곁으로 가겠다는 일념으로 등산도 해봤지만 그때는 산을 오르는 행위에 정신이 팔려 숲을 온전히 즐기기가 어려웠다. 더군다나 서울이라는 곳은 숲과 비슷한 데가 있을라치면 나무보다 많은 사람들이 먼저 자리를 차지하고 있었다. 한강 인근도 좋은 산책지이지만 대중교통이 끊긴 늦은 밤이나 새벽, 천재지변의 도움 없이 한가한 산책은 꿈도 못 꿀 일이었다.

그렇게 숲과 나무에 목마른 채로 서울 여기저기를 기웃대던 차였는데 고궁을 거닐며 안락하면서도 고요한 최고의 산책지를 비로소 찾았다고 생각했다. 건물과 자동차와 자동차 비슷한 것, 노점상과 사람들로 엄청나게 북적이는 서울 중심부를 통과해 궁에 들어서면 돌연 도시의 소음이 사라지는 순간이 온다. 평온한 적막 속에서 새소리만 귓가에 어른거리는 순간이.

궁은 서울의 가장 인상적인 녹지 가운데 하나다. 한강만큼 넓지는 않지만 경사 없는 평지에 놓인 전각 사이사이로, 또 궁궐 부지 뒤로 도심 어디에서도 찾을 수 없는 깊고 높은 숲이 펼쳐진다.

보초를 서듯 궁궐 입구에 무리지어 서 있는 회화나무, 봄이면 잎을 살랑이며 관람객을 부르는 수양버들, 조선왕조 500년을 함께한 것으로 알려진 창덕궁 구선원전 앞의 향나무 등 조선시대 궁궐 기록화에 그려진 그대로 묵묵히 자리를 지키고 있는 나이 많은 나무들이 고궁에는 많다. 오랫동안 전문가의 정성스러운 관리 아래 세월을 보내온 덕에 야리야리한 시내의 가로수보다 단단하고 깊어 도시의 소음을 잘 집어삼킨다.

물론 살아 있는 나무 외에도 우리는 궁궐 어디에서나 나무를 보게 된다. 궁궐 전각이 대부분 목조 건축물로 지어진 덕분이다. 사실 궁은 돌과 나무 두 가지로 이루어졌다고 해도 과언이 아니다. 무게 때문에 건축 현장 근처에서만 재료 수급을 할 수 있었던 석재와 달리 목재는 강이라는 훌륭한 유통망을 활용해 전국 각지에서 실어 올 수 있었다.

조선 왕실은 건물 화재나 중건에 대비해 언제나 목재 수급을 원활하게 할 수 있도록 전각 건축에 사용되는 소나무와 느티나무 숲을 조성해 관리했다. 건축용 목재로는 느티나무가 더 선호되었는데 조선 후기의 연달은 전쟁과 화재로 전각이 워낙에 많이 소실되어 느티나무는 씨가 마르게 되었고 그 이후로는 소나무를 주로 사용했다고 한다. 궁궐 건축에는 대개 안면도와 부산 장산에 조성된 육림 및 강원도 산간에서 가져온 소나무를 썼다.

그러니까 궁궐을 거니는 일은 조선시대부터 현대 한국까지라는 오랜 타임라인을 통과한 전국의 나무들 사이를 걷는 일과 같다. 몇 세기의 시간을 살아온 나무와 건물의 일부가 되어 세월을 버텨온 전국의 나무들. 궁궐을 천천히 걷다 보면 목화솜 같은 밀도 높고 두꺼운 숲에 들어와 있는 듯한 기분이 든다. 잠시 서울 고궁의 나무들이 내뿜는 고요한 정취를 충분히 음미하며 도심의 떠들썩한 분주를 잊어보자.

01.
사시사철
피는 꽃

서울의 궁에는 꽃나무가 많지 않다. 조선 초기에는 과실나무나 누에의 먹이가 되는 뽕나무, 종이를 만들 수 있는 닥나무 등 실용적인 나무를 꽃보다 선호했던 세종의 명으로 궁에서도 꽃나무를 보기 어렵게 되었다.

그나마 꽃을 좋아했던 연산군이 궁 후원에 영산홍 1만 그루를 심으라 명했을 뿐이다. 지금은 경복궁 아미산을 비롯해 궁궐 곳곳에 조성된 화단에서 화사한 꽃나무를 몇 그루 구경할 수 있지만 창덕궁과 경복궁의 전각 뒤 월대처럼 단정하게 정리된 잔디만 민둥하게 자라 있는 곳이 여전히 더 많다.

나무 위의 까치집 하나까지 빠뜨리지 않고 묘사한 〈동궐도〉에서도 꽃나무는 찾아보기 어렵다. 이런 차분한 고궁 풍경이 못내 서운한 사람도 있을 것이다. 하지만 고개를 살짝만 들면 사계절 내내 활짝 핀 모습으로 반짝이는 꽃나무를 고궁 건축물 어디에서나 볼 수 있다. 바로 단청이다.

기본적으로 우리 전통 건축물의 단청에서 기본이 되는 배색은 기둥의 갈색, 건물의 머리가 되는 처마와 포 부분에 채색되는 녹색이 있다. 나뭇가지가 앙상해지는 겨울에는 비교하기 어렵고 처마와 포에 사용되는 꽃문양과 색이 워낙 화려한 탓에 눈에 잘 들어오지 않을 수 있는데 초록이 수북해지는 여름에 살펴보면 주변에서 흔히 볼 수 있는 나무의 배색을 옮겨놓았다는 걸 알 수 있다.

한국의 전통문화를 알리는 영상과 이미지부터 최근의 케이팝 뮤직비디오나 한복, 휴대전화 케이스, 블루투스 이어폰 케이스까지 단청을 활용한 상품이나 콘텐츠가 이미 많이 나와 있기 때문에 단청 자체가 우리에게 낯선 디자인은 아니다. 오히려 대중에 자주 노출된 만큼 단청 하면 떠오르는 전형적인 이미지가 있는 듯하다.

한가운데의 분홍색 꽃, 그 꽃을 둘러싼 동글동글한 녹색 장식, 그다음의 여백을 채우는 선. 궁궐과 사찰, 정자 등 단청이 들어가는 여러 전각에 두루 쓰이는 디자인이 대체로 비슷한 형태이고 기본 구성에서 디테일에 차이를 주어 전각의 용도에 따라 격을 달리했다.

사찰 단청의 경우 금박을 사용하거나 한가운데 부처님이나 코끼리 등 종교적인 요소를 크게 그려 넣기 때문에 바로 구분할 수 있는데, 궁궐의 단청은 전공자가 아니라면 여타 전각의 단청과 어떻게 다른지 바로 알아보기는 다소 어렵다.

거기다 국가 이념이었던 유교 사상에 따라 검소함과 소박함, 고고함과 청아함에 높은 가치를 두었던 조선 왕실은 단청의 디자인을 화려하고 사치스럽게 변주하기보다는 단청 본연의 기본 구성을 충실하게 따랐다. 이 때문에 전각이 큰 만큼 단청의 규모가 크다는 것 외에는 형태적인 요소로 궁궐 단청의 특색을 구분하기란 쉽지 않다. 다만 유교 이념을 따르면서도 왕실의 위엄과 부를 슬쩍 과시하고는 싶었는지 색에 특별히 힘을 주었다.

지금이야 금색부터 형광까지 세상에 존재하는 모든 색에 대응하는 물감을 쉽게 구입해 쓸 수 있지만 조선시대에는 구하기 힘든 안료가 많았다. 산화철(녹슨 철)로 만드는 갈색 안료 석간주나 납 혹은 조개껍데기로 만드는 하얀색 안료는 비교적 수급이 수월한 편이었지만 옅은 잿빛이 도는 초록색 안료인 뇌록은 경북 포항의 뇌성산 암석으로만 만들 수 있었고 파란색 안료는 없다시피 했다. 천을 염색하는 쪽빛 염료를 떠올린 사람도 있을 텐데 옷감을 염색하는 염료와 단단한 물체 위에 엎듯이 작업하는 안료는 고추기름과 고춧가루만큼 입자의 크기가 다르다.

18세기 중반 이후 조선 후기에 이르러서야 서양산 청색 안료가 수입되기 시작했고 그 전까지는 단청이나 그림 채색 재료로 파란색을 쓰려면 금값에 가까운 비용을 치러야 했다. 조선의 궁은 이 청색을 궁궐 단청에 두루 사용하며 왕실의 위용을 드러냈다. 그것도 아주 조선다운 방식으로. 쨍한 푸른색을 도배한 것이 아니라 은은한 하늘색(삼청색)을 단청 문양 사이사이에 슬쩍슬쩍 끼워 넣은 것이다. 무심한 듯 시크한 방식으로 부를 드러냈달까.

워낙 비싼 재료였기에 사치 규제 차원으로 궁궐 외 다른 건축물의 청색 안료 사용을 금지한 데다 왕실을 제외하면 그 귀한 안료를 건물 외벽에 바를 수 있을 만큼 부유한 가문도 없었기에 은근한 청색 사용은 곧 궁궐 단청의 특색이 되었다. 단정하면서도 얌전한 느낌의, 하늘색과 분홍색이 섞인 파스텔 톤 단청이 실은 부를 과시하는 호화스러운 장식이었던 것이다.

오늘날 우리가 보는 궁궐 전각의 단청은 대부분이 현대에 새로 작업한 것이다. 그런데 창경궁 명정전의 단청은 17세기[광해군 8년(1616)]에 작업했다는 구체적인 기록이 남아 있어 복원 작업을 하지 않고 유물로 남겨두었다. 시간이 많이 흐른 탓에 여기저기 벗겨지고 퇴색되었지만 이를 감안해도 궁궐의 다른 전각에서 흔히 보는 단청과는 달리 어두운 청록 배색이 두드러진다. 유행하는 색과 미감이 지금과는 달랐던 것이다.

비교적 짧은 주기로 색을 덧입혀야 하는 단청은 의도치 않게 시대의 유행을 반영하기도 한다. 실제로 한국전쟁 이후 문화재와 유적 복원 과정에서 남은 사진 자료를 보면 한국에서 어떤 색감과 미감이 유행했는지 그 흐름을 어렴풋이 짐작해볼 수 있다.

본격적으로 문화재 복원 사업이 시작된 1970~1980년대의 단청 사진을 보면 쨍하고 선명한 붉은색과 진한 녹색이 먼저 눈에 띈다. 가운데 꽃문양 테두리의 선도 훨씬 굵고 진하다. 그러다 2000년대에 접어들면서 선이 가늘어지고 색이 뽀샤시해진다. 하얀색이 섞여 약간은 흐리고 밝은, 아기자기하고 부드러운 분위기로 변화한 것이다. 오랜 세월 정성스러운 손길을 받아가며 사계절 내내 화사함을 고집하는 궁궐의 단청이 다음 세대에는 어떻게 변할지 사뭇 궁금해진다.

02.
평양냉면 같은
슴슴한 매력

조선 초기에는 양반가 등 궁이 아닌 민가에서도 집에 단청을 했다는 기록이 있다. 하지만 유교 정치를 실현하고자 했던 세종은 청빈한 삶을 추구하는 유교적 이상과 비싼 안료를 사용해야 하는 화려한 단청이 걸맞지 않다 판단해 민가의 단청을 금지했다. 그 이후로는 궁과 사찰, 향교 건물에만 단청이 쓰이게 되었고 민가는 상류층의 집이라도 단청이 없는 백골집으로 남게 되었다.

그런데 궁에서도 민가를 닮은 백골집을 몇 채 볼 수 있다. 덕수궁의 석어당, 창덕궁의 낙선재, 선향재와 연경당, 경복궁의 흥복전 등이다. 조선 그 자체라고 할 수 있는 왕실 가문이 생활하는 공간이었기 때문에 궁궐 전각에는 기본적으로 단청을 했는데 '궁이 아니라 민가에 있는 것처럼 정신을 수양하고 학문을 닦으라'는 명목으로 극히 일부의 전각만 백골집으로 지은 것이다.

재미있는 부분은 이들 건축물 사이를 거닐다 보면 주위의 관람객이 '화려한 단청이 있는 건물보다 이런 수수한 한옥이 좋다'고 말하는 것을 자주 들을 수 있다는 점이다. 높은 비용과 고급 인력을 투입한 장식을 바로 앞에 두고 왜 이런 밋밋한 모양이 좋다고 하는 걸까?

나는 이것을 평양냉면 효과 정도로 정리하고 있다. 시야에 꽉 들어차는 밀도 높은 화려한 장식을 계속 맛보다 그와는 극단적으로 대비되는 이미지를 보게 되면 훨씬 매력적으로 보일 수밖에 없지 않을까? 내가 시킨 자극적인 함흥냉면 한 그릇보다 옆 사람이 나눠 준 슴슴한 평양냉면 한 입이 훨씬 맛있게 느껴지는 것처럼 말이다.

비슷하게는 두루치기에 동치미 혹은 족발에 막국수 효과라고도 할 수 있겠다. 메인 요리의 찐한 맛 사이를 메워주는 순박하고 시원한 맛. 그 맛의 즐거움을 아는 한국인의 궁궐 백골집을 향한 애정은 어쩌면 예견된 일이었을지 모른다.

03.
나무와
나무와
나무로 만든 집

앞서 설명했듯 궁궐 전각은 바닥의 기단을 제외하면 모든 것이 나무로 이루어져 있다. 기둥과 보는 물론 벽을 세울 때도 짚 등의 섬유질을 사용했고, 도배와 창호를 하는 데도 나무는 없어서는 안 될 존재였다. 건축물 설계에 쓰이는 도면부터 건축에 사용한 물품과 자재를 기록해 정리하는 마지막 과정에도 종이가 사용되니 나무는 그야말로 궁궐 건축의 거의 전부라 할 수 있다.

기둥이나 들보야 크기나 부피로 존재감을 내뿜고 창호 역시 다양하고 정교한 문양으로 눈길을 사로잡는데 궁궐 건물의 실내 도배, 벽지는 그다지 주목받지 못하는 것 같다. 하기야 레이온이니 나일론이니 하는 온갖 합성섬유와 고급 마감재로 둘러싸인 공간에서 생활하는 현대인의 눈에 궁 건축물의 실내 벽은 밋밋하게 느껴질 수 있다.

지금은 다채로운 패턴에 광택과 촉감까지 원하는 대로 벽지를 고를 수 있지만 과거에는 종이와 풀, 식물성 기름을 이용해 실내 인테리어를 마감해야 했고, 이 과정에서도 식물과 나무는 알뜰하게 활용되었다.

먼저 기본이 되는 도배지는 닥나무 섬유와 큰 꽃송이가 인상적인 황촉규(닥풀)의 진액으로 만든다. 요즘으로 치면 동물

성 재료가 전혀 섞이지 않은 완벽한 비건vegan 제품이라 할 수
있다. 도배지를 벽에 붙일 때 쓰는 풀은 비건 제품과 논-비건
제품이 있는데 전통 연을 만들 때도 사용되는 쌀풀은 비건 제
품에, 소가죽 부속물이나 생선의 부레를 끓여 만드는 아교는
논-비건 제품에 속한다. 풀을 바를 때 쓰는 붓은 안타깝게도
논-비건 제품이다. 붓의 몸체는 나무로 만들지만 솔 부분은 집
돼지의 털을 모아 만든다.

　풀과 붓까지 준비했다면 도배지를 바를 차례다. 과거에도
오늘날처럼 단단하면서도 두께감 있는 마감을 위해 최종 도배
지를 바로 벽에 붙이지 않고 초배와 재배 과정을 거쳤다. 벽에
바로 붙이는 초배지의 경우 새로 만들어진 깨끗한 종이를 사
용할 때도 있었지만 가장 안쪽에 들어가는 면이다 보니 자원
을 절약하기 위해 낙폭지를 쓰기도 했다.

　낙폭지는 과거시험에 낙방한 사람들의 답안지다. 물론 글자
가 쓰인 그대로 사용한 것은 아니고 답안지를 절구에 찧어 만
든 일종의 재생지였던 셈이다. 한 장에 집 한 채 값에 맞먹는
기와를 써놓고, 보이지 않는 면에는 재생지를 사용한 절약 정
신도 이상하지만, 재활용을 해도 하필이면 과거 낙방 시험지라
니 마음이 미묘해진다.

어쨌든 아나바다 정신으로 알뜰하게 초배지를 바른 후 깨끗한 종이를 한 번 덧바르고, 여러 장의 종이를 두껍게 배접한 장지를 마지막으로 붙인다. 당시에는 지금의 장판이라고 할 만한 것이 따로 없었기 때문에 바닥도 벽과 동일하게 도배했다. 대청처럼 열기가 닿지 않는 부분은 나무로 마감을 하고 온돌의 열기가 들어오는 구들은 장지를 발랐다. 두꺼운 종이로 도배를 끝마친 뒤에는 종이 자체의 강도를 올리고 습기를 막기 위해 장지 위로 들기름이나 콩즙을 발라 코팅하는 마지막 과정을 거쳤다.

잠시 도배를 막 마친 궁궐 전각을 상상해본다. 아주 말끔하고 희어서 보기에도 좋았겠지만 쌀로 만든 풀에 고소한 들기름, 콩즙까지 후각적으로도 행복해지는 기분이다. 거기다 아궁이에 불까지 뜨끈하게 땐다면 덜 마른 쌀풀이 촉촉하게 익는 냄새와 들기름 냄새가 뒤섞여 무척 배가 고파지는 방이 되었을 것이다.

조선 후기 한반도를 방문한 서구인들의 여행기를 보면 조선인의 뜨거운 아랫목 사랑을 언급하는 대목이 공통적으로 등장한다. 엉덩이가 데일 정도로, 숨을 쉬기 어려울 정도로 불을 넣어 갈색으로 익기까지 한 바닥에 발효를 마친 빵 반죽처럼 가

만히 누워 있는 조선인들. 그게 심지어 구수한 들기름 냄새가
나는 방이었다니 그 귀여운 풍경을 상상하면 갓 구운 빵이나
갓 지은 쌀밥이 떠오르면서 슬며시 웃음이 난다.

04.
꽃무늬 벽지의
기원

도배를 마친 방만큼 구수한 냄새를 풍기지는 않았겠지만 궁궐 전각의 창호 역시 나무와 종이로 구성되어 있다. 우리 전통 건축물을 설명할 때 문과 창문을 통틀어 일컫는 창호라는 말을 흔히 사용하는데 현대식 건물에서야 시선과 바람이 드나드는 창문과 사람이 드나드는 문이 외양으로 확연히 구분되지만 전통 한옥에서는 두 가지 문의 생김새가 비슷해 멀리서 보면 저게 문인가 창문인가 싶을 때가 있다.

이때는 문이 시작되는 바닥의 단 높이를 보고 창문과 문을 대략적으로 구분하면 된다. 일반적으로 사람이 오가는 문은 이동의 편의를 위해 얕은 문지방 외에 바닥의 단을 높이지 않았고 창문은 단이 일정하게 올라와 있다. 아마도 그 부분에 팔을 걸치고 바깥 풍경을 감상했을 것이다.

이런 창호에 창호지가 한 겹 붙는다. 궁궐 전각을 포함해 우리 전통 건축물을 보면서 이 얇은 종이 한 장으로 한겨울을 보냈다는 건가 싶어 근대 이전의 조상님들에게 놀라면서 딱한 눈길을 보내는 사람들이 있는데, 지금 같은 고밀도 유리와 합성 소재로 만든 최첨단 새시는 아니었지만 조상님들 역시 겹창과 겹문을 활용해 나름 야무지게 단열을 했다.

이를테면 도톰한 장지를 발라 단열에 더 강한 미닫이문을

가장 바깥쪽의 여닫이문 안쪽으로 한 겹 더 끼우는 식이었다. 여닫이와 미닫이의 교차를 활용해 중첩에 필요한 간격은 줄이면서도 일종의 에어 포켓을 만들어 단열을 보완한 셈이다. 강원도처럼 추운 지역에서는 나무로 만든 판문으로 더 단단하게 폭설과 혹한을 대비했다고 한다.

창문은 재료와 모양에 더 다채롭게 변주를 주었다. 가장 바깥에는 온갖 무늬로 살을 짜 넣은 여닫이문을 달았고 그 안으로는 더 널찍한 정사각형 무늬의 창살을 넣은 영창을 마루와 방 사이에 넣었다. 더불어 계절에 따라 종이뿐 아니라 다양한 재료를 발라 실용성을 높였다.

여름에는 얇은 비단을 바른 사창으로 벌레는 막고 바람은 더 잘 통하도록 했다. 촘촘한 방충망 느낌이랄까. 내전 등 잠을 자는 공간에는 두꺼운 종이를 여러 겹 덧바르고 안쪽에 어두운 색을 칠한 흑창을 설치해 햇빛을 막기도 했다. 창문이 암막 커튼 역할을 겸한 것이다. 아예 공간을 폐쇄할 수 있도록 안팎으로 두껍게 종이를 발라 갑창을 흑창 안에 한 겹 더 놓은 곳도 있다.

물론 민가에서는 사창이나 흑창처럼 품과 비용이 많이 드는 창문을 거의 사용할 수 없었고 창덕궁 대조전과 희정당, 덕수궁 함녕전 등 왕실 가족의 침전 공간에서 이 창문들을 볼 수 있다. 덕수궁 함녕전에는 영창과 흑창, 갑창이 모두 설치되어 있는데 필요에 따라 열거나 닫으며 공간을 구분하고 시선을 차단했으리라. 아쉽게도 이제는 실내에서 그 창들을 직접 여닫아 볼 수 없고 그저 바깥에서 관람객의 눈으로 멀찍이 바라보아야 한다.

창문과 문 모두 안쪽에만 창호지가 발려 있는데 실내 중간에 설치된 문 중에는 양면에 종이가 붙은 것도 있다. 이는 공간을 용도에 따라 분리하기 위해 가림막으로 사용했던 문이다. 좌식 고깃집에 가면 볼 수 있는 지그재그로 접히는 칸막이 역할이랄까. 개인적으로는 '자바라'라는 말이 익숙한데 요즘 인테리어 용어로는 '폴딩 도어'라고 하는 것 같다.

국립고궁박물관에서도 궁궐에서 사용하던 실내 창호 유물을 볼 수 있다. 개중에는 창호지에 그림을 그려 넣거나 장식 짜임을 넣은 것도 있다. 실내 벽지에도 그랬지만 창과 문에도 여백이 많아 심심해 보이는 곳이나 위엄을 강조해야 하는 공간에는 꽃이나 책 그림, 복과 장수를 기원하는 한자 문양을 그려 넣었다.

그런 창호를 보고 있자면 2000년대의 우리에게 잠깐 찾아왔던 지옥의 꽃무늬 패턴 유행이 떠오르는데, 이런 부분에서 전통이 이어진 건가 싶기도 하다. 뭐가 됐든 무근본보다는 전통이 있다고 생각하면 그나마 괜찮아지는 것도 같고….

05.
먹보 조상님의
진달래와
400년 묵은
뽕나무

봄이 되면 많은 사람들이 봄꽃을 구경하기 위해 고궁에 몰려든다. 덕수궁 석어당과 중명전 옆에 서 있는 수양벚꽃 나무 (정확한 수종 명칭은 처진개벚나무)와 창덕궁의 유명 인사 홍매화는 개화기가 되면 사진을 찍기 위해 줄을 서야 할 정도로 인기가 많다.

하지만 오늘날 우리 눈을 행복하게 해주는 궁궐의 몇 안 되는 꽃나무는 대개가 조선 끝자락에 심은, 비교적 수령이 어린 나무들이다. 앞서 설명한 세종을 포함해 조선 초기의 왕들은 유교적인 라이프스타일에 걸맞은 수종을 더 선호했다. 열매를 먹을 수 있는 살구나무나 감나무, 앵두나무, 자두나무를 심거나 궁궐의 권위를 보이기 위해 정승을 상징한다는 회화나무를 심었다.

조선의 궁에서 가장 흔히 볼 수 있는 수종은 진달래인데, 관상용으로도 좋지만 식용, 약용으로도 다양하게 쓰였던 나무이기에 궁궐 내 많은 이들의 필요를 두루 충족시켜 주었다. 실제로 매년 3월, 제비가 돌아온다는 삼짇날이 되면 왕실 가족과 궁인들이 한자리에 모여 진달래를 토핑으로 올린 꽃전을 부쳐 먹었고 오미자로 붉게 물들인 화채에도 진달래꽃을 띄워 전과 함께 즐겼다.

궁에서 생활하고 일하는 사람이 한둘이 아니었을 테니 한 사람당 전을 한 점이라도 먹으려면 모르긴 몰라도 꽃송이가 엄청나게 많이 필요했을 것이다. 먹어본 사람은 알 텐데 꽃전은 맛으로 먹는 음식이라기보다 겨울을 무사히 보내고 봄을 맞은 일을 축하하며 기름에 부친 탄수화물을 먹는 이벤트에 가깝지만 말이다.

어쨌든 이렇게 궁궐의 진달래는 꽃전과 차에, 심지어 술을 빚는 데까지도 알뜰하게 활용되었다. 청주에 진달래꽃을 넣어 빚는 두견주는 관절염 통증을 완화하고 열을 내리는 약술로도 쓰였다고 한다. 주변의 웬만한 생물들을 어떻게든 먹을 것으로 만들어 즐기는 먹보 유전자 역시 유구한 세월에 걸쳐 계승되어 왔음을 알 수 있는 대목이다.

맛있는 오디 열매를 맺는 뽕나무는 조선시대 왕실 관리 사업의 일환이었던 양잠업과 관련된 나무다. 뽕나무를 재배하여 누에를 쳐서 고치를 생산하는 잠업은 흔히 알려져 있듯 농업과 더불어 조선시대의 양대 산업 기반이었고 조선 왕실은 백성들에게 농업과 잠업을 장려할 막중한 책임이 있었다. 이를 위해 창덕궁 후원의 옥류천 구역에 논(실제로 그 깜찍한 규모를 보면 웃음이 나지만)을 조성해 왕실 인물이 직접 모내기 시연을 하는 한편 궁궐 안에 뽕나무를 심어 직접 누에를 치는 친잠례 행사를 열기도 했다.

주요한 조공품이자 왕실과 양반가의 생활필수품인 비단을 생산하는 일은 나아가 국가 경제 및 국력과도 깊이 연관되어 있었기에 몇몇 왕들은 뽕나무 재배와 양잠업의 중요성을 특히 강조했는데, 조선의 세 번째 왕 태종은 집집마다 뽕나무 심기를 강력 권장(혹은 강제)하며 백성들에게 나무를 몇 그루씩 나누어 주기까지 했다.

하지만 본인 생각대로 잘되지 않자 "예전에는 알뜰하게 직접 누에를 치더니 이제는 다들 배가 불러서 궁녀마저 한가하게 밖에서 사온 비단으로 내 옷을 해다 바친다. 앞으로 궁녀들은 옷감을 직접 짜서 비용을 절약하라"며 역정을 냈다고 한다 [태종 11년(1411)].

뭐든 정석대로 하기를 좋아했던 세종 역시 누에치기를 적극 독려하며 왕비가 직접 비단 짜는 시범을 보이는 등의 행사를 열었다. 주말 출근과 등산에서 진정한 노동의 가치와 인간미를 찾을 수 있다던 과거의 상사들이 떠오르면서… 두 왕 모두 본인이 직접 누에를 치거나 비단을 짜지는 않았다는 점도 인상적이다.

이처럼 잠업은 국가의 근간을 이루는 중대한 사업으로 여겨졌기에 궁궐 밖에도 대규모의 뽕나무 밭을 별도로 조성, 관리했다. 서울의 지명 중 '잠실'이 국가가 특별 관리하는 양잠 구역을 이르던 명칭이었다고 한다. 물론 지금은 그 자리에 그때 심은 뽕나무가 아닌 아파트와 빌딩 숲이 빼곡하게 들어서 있지만 말이다.

이제 궁 밖의 거대한 뽕나무밭은 사라지고 없다. 대신 창덕궁과 창경궁 경계, 대온실 근처 담벼락 옆에서 수령이 400년 정도로 추정되는 조선의 뽕나무를 볼 수 있다. 단순하게 계산해봐도 광해군 이후 열두 명의 조선 임금을 곁에서 지켜본 나무인 셈이다.

궁궐의 귀한 나무에다 본격적으로 양잠을 해서 누에를 치고 옷감을 짓지는 않았겠지만 이 나무의 열매를 먹었던 왕은 꽤 많지 않을까? 다음에는 때를 맞춰 이 뽕나무의 오디를 먹으러 가볼까 한다. 비교적 최근까지도 궁궐 관리소에서 별도의 시식대를 마련해 일반 관람객들도 궁궐의 오디를 맛볼 수 있도록 했다.

이제는 조선 왕실도 궁에 살던 사람들도 사라지고 없지만 나무는 여전히 그 자리에 남아 매년 같은 열매를 맺고 있다. 나

이 든 나무 덕에 미각으로나마 조선시대로 시간 여행을 해볼
수 있는 기회가 계속해서 남아 있다는 사실에 이상하게도 마
음 한구석이 든든해진다.

06.
향나무 위의
회화나무

창덕궁에도 400년 뽕나무에 버금가는 오래된 나무가 있다. 〈동궐도〉에도 그려진, 500년 수령(추정)의 향나무다. 안타깝게도 2010년의 태풍으로 위로 자라던 큰 줄기가 꺾여버렸지만 그 덕분에 오히려 〈동궐도〉에 묘사된 모양과 비슷한 형태로 돌아가게 되었다. 가까이서 보면 시간의 흔적을 몸에 그대로 쌓아 올린 나무가 내뿜는 영험한 기운이랄까 분위기가 느껴진다. 그런데 관람객들의 주요 동선에서 벗어나 있는 구선원전 앞에 있어 시선을 많이 받지는 못한다.

이 향나무를 창덕궁 옆 카페 '회화나무'에서 편히 감상할 수 있다. 창덕궁 돈화문의 입장권 매표소 옆으로 궁궐의 담을 따라 작은 카페와 식당이 옹기종기 이어지는데, 그중 회화나무 카페는 통창을 통해 향나무와 궁궐의 옆얼굴을 감상할 수 있는 창덕궁 관람의 요지다. 카페 건물과 창덕궁 담벼락이 몇 미터도 채 떨어져 있지 않아서 어디에 앉든 향나무가 시야에 들어오고, 그렇게 창덕궁 쪽으로 시선을 두다 보면 어디서도 볼 수 없었던 창덕궁의 측면 풍경을 만나게 된다.

궁궐 내부를 거닐다 보면 넓은 평지에 전각들이 흩어져 있다는 생각만 들 뿐 다른 각도로 궁을 즐기기 어렵다. 궁궐 전체를 한눈에 조망할 수 있는 고층 건물 내 레스토랑이나 공공시

설도 많이 알려져 있지만 나는 궁궐 전각보다 살짝 높은 이곳에서 보는 풍경을 좋아한다.

궁의 돌담부터 궐내각사 앞의 500살 향나무, 월대를 높여 볼록 튀어나온 인정전의 머리, 생각보다 좁은 간격으로 옹기종기 모여 옆모습을 보여주고 있는 전각들. 꼭 매끄럽게 잘라놓은 시루떡이나 케이크의 탐스러운 단면 같다. 그 사이사이로 서 있는 나무들은 건포도나 단호박쯤 되려나.

회화나무라는 카페 이름은 창덕궁 초입의 회화나무군락에서 따온 게 아닐까 한다. 창덕궁의 돈화문을 넘으면 거대한 회화나무 몇 그루가 줄지어 서 있는 모습을 보게 된다. 은행나무와 느티나무, 팽나무, 왕벚나무와 비슷하게 회화나무 역시 한반도에서 자라는 나무 중 몸집이 큰 축에 속한다. 창덕궁 후원에서 만나게 되는 커다란 나무도 대개가 느티나무와 은행나무다. 작은 관목과 꽃나무를 지키는 우직한 무사 같은 나무들을 보면 어쩐지 안심이 된다.

실제로 회화나무는 귀신을 쫓는 나무로도 알려져 있다. 자신의 집 정문에 삿된 것을 쫓는 나무를 여러 그루 심고, 물길 위에 돌다리를 만들어 돌짐승을 배치했던 조상님의 속뜻을 조금은 알 것도 같다. 그러면서도 각각의 취향에 따라 어떤 궁의 정문에는 눈을 커다랗게 뜬 거대한 해치를, 어떤 궁에는 더 자연스럽고 아기자기한 나무와 조형물을 배치했다는 점이 재미있게 느껴진다.

07.
댄스댄스
레볼루션

나는 추위가 싫다. 아니, 정확히 말하면 냉기가 싫다고 해야
겠다. 문화재 답사를 하다 보면 사람이 사는 건물보다 생활감
과 온기가 진작에 사라져버린, 문화재 보존을 위해 난방도 전
혀 하지 않는 건물에 들어가는 일이 많다. 겨울에 양말만 신은
발로 냉기를 머금은 목조 바닥을 밟는 일은 전혀 유쾌하지 않
다. 발바닥에서부터 무릎, 허리까지 뼈를 타고 냉기가 오르는
것 같다.

사찰은 대개 산 중턱에 있고 궁궐 등 전통 건축물 역시 바람
을 막아줄 높은 건물을 주변에서 찾아보기 어렵기 때문에 추
운 계절에는 옷을 단단히 챙겨 입지만 오래전에 비어버린 실
내의 냉기는 어찌할 도리가 없다. 학부 시절 답사에서 느꼈던
그 냉기의 기억을 떠올리며 겨울 경복궁을 거닐던 참이었다.
그래도 뼛속으로 파고드는 냉기보다 피부에 닿는 차가운 바람
이 낫다고 생각하면서.

코로나에 겨울 한파까지 덮쳐 좀처럼 인기척을 찾을 수 없
는 썰렁한 동궁과 근정전, 강녕전, 교태전을 지나 잠시 걸으니
그나마 따스해 보이는 공간이 눈앞에 나타났다. 몇몇 관람객이
경회루 옆으로 드리운 옅은 햇볕에 몸을 녹이고 있었다. 겨울
에는 궁 역시 얼마간 횡한 분위기가 되지만 경회루처럼 늦게

까지 파릇한 초록 잎들을 볼 수 있는 장소가 몇 있다.

겨우 찾은 부드러운 온기를 따라 경회루를 둘러 걷는데 독특한 수형의 향나무가 눈길을 끌었다. 두 팔을 넓게 벌리고 춤을 추는 듯한 발랄한 모양이 한껏 움츠러든 몸을 산뜻하게 만들어주었다. 개성 넘치는 포즈에 높이 모여 있는 잎들까지, 궁궐의 나무치고는 좀 텐션이 높지 않나 싶었고 어릴 적에 보았던 게임이나 만화영화에 등장하는 사막의 커다란 선인장이 떠오르기도 했다.

하지만 경회루와 함원전 사이 담벼락 부근, 경회루를 관람하기 좋은 위치에 서 있는데도 나무는 도무지 사람들의 눈길을 받지 못하고 있었다. 이렇게 특이한 자세로 서 있는데 이렇게까지 관심이 없다고? 의아한 기분이 들어 나무 주위를 서성이며 한참 더 나무를 살펴보았다. 어디서 어떻게 봐도 나 홀로 응원용 수술을 들고 엉덩이를 흔들고 있는 모습인데!

이 나무에 대한 사연이나 이야기가 더 있지 않을까 해서 집에 와서도 온·오프라인의 정보들을 뒤져보았는데 경회루의 다른 나무에 대한 글은 많았지만 이 댄스댄스 레볼루션 나무—나도 모르게 이름까지 붙여 부르고 있었다—에 대한 글은 볼 수 없었다.

추위에 너무 괴로웠던 나머지 내가 헛것을 본 건가? 아니면 궁궐에 썩 어울리지 않는 경박한 나무라 모두들 한뜻으로 애써 모른 척하고 있는 건가? 하지만 나는 이 나무가 마음에 들었다. 구중궁궐에서 사계절 내내 홀로 춤을 추고 있는 나무. 다른 계절에는 이 나무가 어떤 모습으로 춤을 추고 있을지 궁금해졌다.

08.
성격 나쁜
백송

창경궁에도 유명한 나무가 한 그루 있다. 정문인 홍화문에서 오른쪽 춘당지로 가는 길목에 서 있는 백송이다. 남다른 외모 덕에 멀리서도 누구나 한눈에 알아볼 수 있다. 주로 중국 북경 인근에서 자라는 수종으로, 창경궁의 이 백송 역시 조선시대 사신들이 중국에 방문했다가 가져온 묘목을 심은 것으로 추정하고 있다. 자랄수록 나무껍질이 용의 비늘처럼 떨어지면서 하얗게 변하는 것이 특징이다. 실제로 보면 페인트로 칠한 것 아닌가 싶을 만큼 강렬한 인상을 준다.

답사를 위해 처음 창경궁을 방문했을 때 동행한 사람들도 그 독특한 색에 홀린 듯 백송 근처로 발걸음을 옮겼다. 그런데 당시 답사를 도와주던 궁궐 관계자가 "이 백송의 성격이 그다지 좋지 않으니 가까이 가거나 주변을 서성이지 말라"고 하는 게 아닌가.

대체 무슨 사연이기에 말도 못 하고 움직이지도 못하는 나무가 '성격이 나쁘다'는 평판을 얻게 된 걸까? 그 각별한 외모에 홀려 솔방울이라도 몰래 가져가 고향에 심어 보려던 양반들에게 경고하기 위해 지어낸 얘기가 아닐까? 혹 이 나무 곁에서 좋지 않은 일을 경험한 사람이 있다면 자세한 이야기를 공유해주시길.

09.
살아 있는
울타리

〈동궐도〉를 꼼꼼히 훑다 보면 전각과 빈터 중간을 가르고 있는 울타리를 볼 수 있다. 이름도 멋진 취병이다. 대나무로 틀을 세우고 그 사이로 관목이나 덩굴식물 혹은 꽃을 심었던 전통 담장이다. 궁궐 곳곳에 초록빛을 더하는 한편 왕실 사람들의 생활공간과 이동 통로를 적절히 분리하는 역할을 했다.

지금은 거의 남아 있지 않은데 창덕궁 후원의 규장각 어수문 양옆에서 그 귀한 모습을 볼 수 있다. 〈동궐도〉에는 취병 사이에 놓았던 붉은색 문 판장과 푸른색 천으로 만든 갑장도 묘사되어 있다. 그림으로나마 당시 궁궐 사람들의 색감과 미감을 어렴풋이 상상해본다.

4장

궁궐의

물건

경복궁 안에는 국립민속박물관과 함께 국립고궁박물관이 자리해 있다. 해방 이후 궁중 유물을 전문으로 다루는 박물관이 꽤 오랜 시간 설치되지 않다가 1992년 궁중유물전시관을 시작으로 2004년에 용산으로 자리를 옮긴 국립중앙박물관의 건물을 이어받아 2005년 개관했다. 고궁박물관이라는 이름에 맞게 조선 왕실과 관련한 고궁 내외 유물을 수집, 관리하고 있으며 소장 유물 수만 4만여 점에 달한다.

광화문을 통해 경복궁에 입장해서 왼쪽으로 고개를 돌리면 바로 국립고궁박물관이 보인다. 누군가는 이 박물관이 경복궁 한쪽을 차지하고 있다는 사실에 불편한 심기를 드러내기도 한다. (국립민속박물관에 대해서도 마찬가지다.)

원래대로라면 경복궁 내 관청이 있어야 할 자리에 박물관이 서 있으니 경복궁 복원에 방해가 된다는 (다소 근본주의적인) 논리로, 진짜 조선의 고궁을 보존하고 재현하려면 그 자리를 비워야 한다는 것이다. 일견 이해가 되는 주장이지만 개인적으로는 이

박물관이 경복궁 안에 자리하고 있는 게 다행이라는 입장이다.

고궁을 한 번이라도 방문해본 사람이라면 알겠지만 지금 우리가 보는 궁은 조선 궁궐의 껍데기에 가깝다. 건축물과 일부 조경 설치물이 남아 있을 뿐 궁에 사는 사람과 일하는 사람이 사라진 후로 조선의 궁은 텅 빈 공간이 되었다.

실제로 사람이 살던 흔적과 당시 사람들의 일상과 습관—조선 왕실의 문화—이 고스란히 담긴 '물건'을 현재의 궁에서는 찾아볼 수 없다. 오랜 시간 궁 구석구석을 빈틈없이 채웠던 생활품과 인테리어 소품들은 모두 국립고궁박물관으로 옮겨지고 외장재만 남은 셈이다. 결국 궁에서 쓰던 물건을 보기 위해서는 고궁박물관에 가야만 한다.

이런 상황에서 고궁박물관이 다른 지역으로 이동하게 되면 조선 왕실의 외장재와 내장재의 거리가 더 멀어지게 된다. 고궁박물관이 궁궐 자리가 아니라면 어디로 가야 한다는 걸까? 광화문 인근은 이미 고층 빌딩으로 빼곡한 데다 상식적으로 생각해봐도 주변 건물들이 자리를 쉬이 내어줄 것 같지도 않다. 여러모로 고궁박물관은 당분간 경복궁의 일부로 남을 수밖에 없을 텐데, 박물관에 비난의 화살을 돌리는 건 부당하다.

왕실의 물건들이 과거에 쓰이던 그대로 궁궐 전각 안에 전시된다면 관람객으로서는 더할 나위 없이 좋을 것이다. 하지만 이제는 그 공간에서 그 물건을 사용할 이도 없거니와, 왕실 물건들은 이제 내 책상 위의 머그잔이나 이어폰 같은 실용품이 아니라 '유물'이라는 새로운 레이어를 덮어쓴, 유리관 안에서 조심스러운 손길로 관리받아야 하는 귀한 존재가 되었다. 다시 말해 지금 세대에서 다음 세대로, 또 그다음 세대로 가능한 한 오래 물려줘야 하는 대상이 되었다는 뜻이다.

그런 것을 지금 우리 눈에 보기 좋자고 박물관 수장고에서 꺼내 바람과 햇빛, 더러는 비나 눈으로 인한 습기와 냉기, 쥐와 벌레까지 있는 환경으로 노출시킬 수는 없는 노릇이다. 그러니 아쉬움은 접어두고 경복궁 안쪽의 고궁박물관에서 유물들을 열심히 눈에 담아 두었다가 얼른 다시 궁궐 전각으로 걸음을 옮겨 박물관 속 물건들이 놓였을 모습을 상상해보자.

어쩌다 보니 몇 차례 지면에 유물을 소개해왔는데 이번에는 국립고궁박물관, 국립중앙박물관 소장품 가운데 조선 왕실의 미감이 잘 드러나는 물건을 위주로 골라보았다. 지금은 볼 수 없는 궁궐 사람들을 이해하고 그 시절의 궁궐 풍경을 이미지화해볼 수 있도록 그들이 곁에 두고 자주 사용했던 유물들을 찾았고, 그중에서도 박물관이나 온라인 콘텐츠로 잘 소개되지 않았던 유물, 혹은 모니터나 화면의 해상도에 익숙한 우리에게도 매력적으로 보일 만한 색감을 가진 유물을 우선적으로 추렸다.

단정하면서도 화사하고, 복스러우면서도 어딘가 세련된 궁궐 유물을 통해 흐릿했던 조선 궁의 인테리어에 대한 선명도를 높일 수 있으면 좋겠다. 그래서 한 사람이라도 이제껏 가졌던 조선 왕실에 대한 고정관념을 조금이나마 버리게 된다면 나의 작은 '조선시대 왕실 기획전'은 성공이다.

본격적인 전시를 열기 전에 잠시 오른쪽의 유물을 보자. '제왕신주목'이라는 이름의 유물로, 종묘에 모시는 왕의 신주다. 신주는 죽은 사람의 위패를 보관하는 물건인데 '신줏단지 모시듯' 할 때의 그 신주다. 육면체 옆의 네 면에 동그란 구멍(규)이 뚫려 있고 사람으로 치면 정수리 위치에도 같은 구멍이 나 있다. 이 구멍으로 죽은 이의 혼이 오가도록 했다고 한다.《어린왕자》에 나오는, 양이 들어 있는 상자 같기도 하다.

　조선 왕실의 유물 소개는 이 구멍을 함께 들여다보는 것으로 시작하고 싶다. 요즘 유행하는 불멍, 물멍에 이어 구멍을 권하는 것이다. 왕의 영혼이 오고가는 구멍을 가만히 들여다보며 정신을 조선시대로 돌려보자.

01.
그림 속
궁궐 사람들

고궁을 거닐다 보면 이곳이 사람이 살았던, 그것도 아주 많은 사람이 생활하고 일하던 공간이라는 사실이 새삼스럽게 느껴진다. 그만큼 조선 왕실 가족을 비롯한 주변 인물들의 모습을 상상하기란 쉽지 않은 일이다. 남아 있는 사진의 수도 한정적이고 사진에 찍힌 이는 손에 꼽을 정도로 적다.

다행히 조선 왕실 기록화에서 각자 맡은 소임을 다하고 있는 여러 자리의 다양한 사람들을 만날 수 있다. 때로는 엄숙하고 딱딱하게, 때로는 활달하고 생동감 넘치는 모습으로 궁궐의 일부를 이루었을 사람들을 구경해보자.

수교도

✧

    왕세자의 성인식 관례를 기록한 그림이다. 인물들이 각자 정해진 위치에 맞춰 한 치의 오차도 없이 각을 잡고 있다. 인물 묘사가 워낙 정적이라 현실감이 떨어지는 듯하다가도 행사용 노부(의장구, 의식이나 행사에 사용하던 물건) 깃발이나 천이 바람에 슬쩍 흔들리는 데서 생동감을 느낄 수 있다. 조선시대 행사 기록화에서 흔히 볼 수 있는 모습이다.

    인상적인 것은 사람들의 다채로운 옷 색깔이다. 조선시대 것이라고는 도저히 믿기지 않는 색감으로, 사람들의 화사한 옷 차림에서 행사 날의 분위기를 엿볼 수 있다.

    왕이나 왕세자는 일반 사람들처럼 그림으로 직접 묘사할 수 없는 지엄한 존재였기에 인물이 아닌 가마나 보자기 덩어리 등으로 대체되어 있다. 이 밖에도 빈 자리나 서책, 오봉도나 모란도 같은 병풍으로 표현하기도 했다.

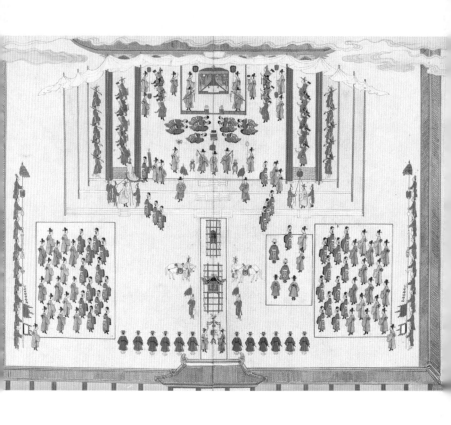

왕세자입학도 一

드라마〈구르미 그린 달빛〉에서 박보검이 연기한 효명세자의 성균관 입학 과정을 그린 그림이다. 궁궐 밖으로 나가 문묘(공자를 모신 사당)에 있는 공자의 신위(신주를 모시는 자리)에 절을 올리고 성균관 박사에게 입학 허가를 받는 장면, 입학 허가를 받고 수업을 받는 장면, 다시 동궐로 돌아가 신하들에게 하례를 받는 장면까지 그려져 있다(왕실 행사인 만큼 식순이 길고 복잡하다).

앞서 소개한 그림과 그림 속 인물들의 생동감을 비교해보면 재미가 있다. 엄숙하고 고요한 분위기였던〈수교도〉와 달리〈왕세자입학도〉에는 왕세자 주변의 인물들을 비롯해 행사에 참석한 인물들의 개별적인 표정과 성격, 움직임이 아주 잘 나타나 있다.

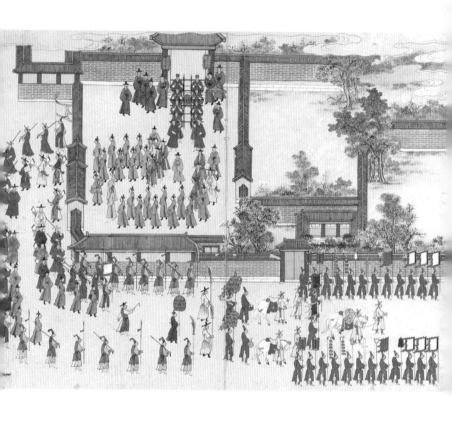

왕세자입학도 二

〈왕세자입학〉 두 번째 그림으로 왕세자가 문묘에서 공자의 신위에 술잔을 올리는 장면이다. 담장 안 문묘에 있는 인물들은 〈수교도〉의 사람들과 비슷하게 가지런히 열을 맞춰 맡은 바 소임을 다하고 있는데, 오른쪽 담장 바깥의 사람들은 적당히 풀어진 채로 아무렇게나 서 있다. 그 모습이 꼭 궁궐 매표소 앞에서 되는 대로 자유롭게 서서 입장 순서를 기다리는 지금 사람들 같다.

담장 안 행사와는 상관없다는 듯, 행사 다음에 이어질 개인적인 스케줄이나 뒤풀이 일정을 이야기하는 것 같기도 하고, 피곤한 표정의 사람은 행사 이후 잔업을 언제 다 마치나 걱정하는 것 같기도 하다. 다른 왕실 행사 기록화에서 찾아보기 어려운 재미있는 장면이다.

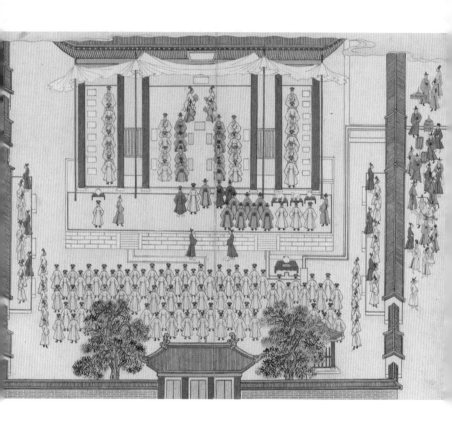

왕세자입학도 三

왕세자가 성균관 박사에게 입학을 청하러 가는 그림이다. 이번에는 앞선 그림과 건물의 내외 분위기가 반전된다. 가마를 타고 들어오는 왕세자 행렬은 각을 맞춘 채 입장하고 있고, 성균관 내부 학생들과 행사 참석 인원들은 긴장감과 피곤함이 섞인 얼굴로 행렬을 맞이할 준비를 하고 있다. 조목조목 뜯어보면 한 사람 한 사람의 말소리가 들릴 것처럼 생생하다.

특히 문 가까이에 있는 성균관 학생들의 얼굴이 모두 제각각으로 개성 있게 표현되어 있다. 콧방울이 넓은 사람, 호리호리하게 두상이 길쭉한 사람, 얼굴이 넓적한 사람⋯ 그야말로 가지각색이다. 옷도 미묘하게 다른 톤으로 채색되어 있어 '공예의 시대'라는 수식이 절로 떠오른다.

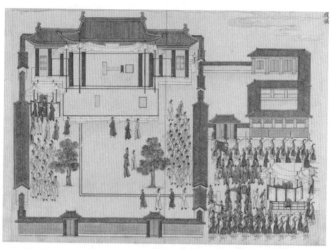

왕세자입학도 四 ✦

마지막 그림은 왕세자가 다시 궁에 돌아오는 장면이다. 위에서는 왕세자(보자기 덩어리)가 신하들의 절을 받고 있는데 하단에는 늦었는지 화장실에 다녀온 건지 행사 마지막이라고 약간은 여유 있는 걸음으로 들어오는 문 밖의 세 사람과 그 위로 문가에 쪼그려 앉아 있는 두 사람이 보인다. 더 꼼꼼히 뜯어보면 왕세자 옆에 있는 노부를 든 신하 중에 딴청을 피우거나 너무 티 나게 피곤한 얼굴을 한 이도 있다.

멀리서 보면 엄숙한 분위기의 행사 기록화 같지만 들여다볼수록 깨알 재미가 넘친다. 그림 속 인물에게 저마다 성격과 개성, 움직임을 부여하고 보는 사람이 심심하지 않도록 주변 나무와 건물 묘사까지 두루 빠뜨리지 않은 탁월한 예술가. 이 기록화를 그린 화원은 대체 어떤 사람이었을까? 그림에 흠뻑 빠져 한참을 구경하다 보니 그림을 그린 사람까지 낱낱이 알고 싶어졌다.

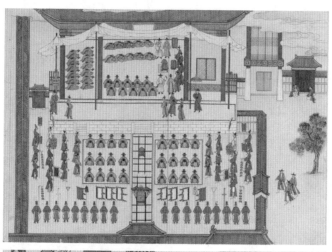

02.
왕실의
행사용품

더 이상 왕실 주관 행사를 볼 수 없는 시대다. 이따금 궁능 유적본부에서 남아 있는 왕실 행사 의궤와 기록화를 바탕으로 행렬, 행차 이벤트를 열기는 하지만 이 역시 빈도가 드물어 쉽게 보기는 어렵다. 왕실 행사 기록화에 묘사된 유물들을 통해 행사의 면면을 상상해보는 건 어떨까?

고궁박물관에는 과거 왕실 행사에 쓰였던 물건들이 그대로 소장되어 있다. 행차도에 묘사된 행사 물품과 의장 도구를 실제로 보면서 정말 그림에서처럼 사람만큼 큰 물건이었는지 아니면 회화적인 과장 표현이었는지를 가늠해볼 수 있다(이런 건 나만 궁금한 건가 싶지만…).

금장도와 은장도

높이가 190센티미터나 되는 커다란 금장도와 은장도다. 행차도를 보면 의복을 갖춰 입은 사람들이 이 커다란 칼을 들고 걷는 모습이 묘사되어 있다. 그림에서도 장정보다 큰 사이즈로 그려져 있는데, 유물을 보는 순간 '정말 보이는 대로 정직하게 그렸구나' 하는 생각이 절로 들었다.

높이만 2미터에 이르는 이 거대한 장식품을 들고 어떻게 몇 킬로미터에 달하는 행차 길을 걸을 수 있었을까? 유물 옆에서 이걸 실제로 들고 걷는 상상도 해보고 그 옆에 바짝 서서 내 키와 비교해보기도 한다. 왕실 행사 유물들을 보고 나면 남는 것은 조상님에 대한 존경심뿐. 근력도 근성도 모두 조상님이 이겼습니다.

171

나각 ◇

서양 배경의 시대극을 보면 군대의 선두에 선 사람이 이런 소라를 부는 소리로 전쟁이 시작되곤 한다. 조선에서는 이 악기를 궁중 행사와 군사 의식, 종묘제례악에 두루 사용했다. 분명 살아 있는 생물이었을 텐데, 어떤 사연으로 붉은색의 근사한 매듭까지 달고 조선의 왕실로 흘러들어 왔을까? 수명을 다한 뒤에도 악기로 사용되다 오랜 시간 후 박물관의 유리관 안에 전시될 자신의 운명을, 소라는 예상이나 했을까?

방향 ◇

    조선시대 실로폰이다. 동화책에 나올 것 같은 다정한 빛으로 채색된 화려한 봉황 머리 장식이 상단에 달려 있다. 프레임 자체도 궁궐 전각 어디에 걸어도 어울릴 만큼 예쁘다. 하단에는 해치로 추정되는 동물이 식빵 굽는 고양이 자세로 앉아 있다. 중간에 걸린 두께가 다른 철을 뿔망치로 쳐서 소리를 냈다고 한다. 종묘제례악에 쓰이던 악기다.

세

◇

물고기와 수초가 조각된 손 씻는 그릇이다. 일상에서는 쓰지 않는 의례용 물품으로 제관들이 사용했다. 이 세에 물을 옮겨 담을 때도 의례용 물항아리인 세뢰와 의례용 국자인 세작을 이용해야 했다.

아무리 행사라지만 모든 과정에 특수한 도구를 사용하는 게 꽤 번잡스러웠을 것 같은데, 이렇게 모든 절차에 정성을 들이고 필요한 물건을 모두 특별 제작했을 만큼 조선시대에 제사는 중요한 일이었다. 그릇에 물이 담기면 물고기와 수초가 수면에 어떤 모습으로 비쳤을지 궁금해진다.

03.
조선 왕실의
진짜 색

조선시대는 다양한 색을 풍부하게 쓰던 시대다. 널리 알려진 대로 백색도 많이 사용하긴 했지만 '백의민족'이라는 별칭 때문인지 백색만 유난히 강조되는 측면이 있는 것 같다. 조선 후기의 경제적 상황과 일제강점기, 전쟁을 거치며 생활 환경이 급격히 피폐해진 탓에 조선 본연의 풍부한 색에 대한 기억이 바래고 잊히다 보니 백색이 더 강렬하게 인식된 듯도 하다.

해방 전후의 수필가이자 미술 평론가―시인 이상과 화가 김환기의 배우자로도 유명한―김향안(변동림)은 한국전쟁으로 부산에서 피난하며 살다가 다시 서울로 이사하는 중에 자신이 수집했던 조선시대 유물들을 거두고 닦으며 '조상들의 사치스러운 생활이 그대로 느껴진다'고 쓰기도 했다(《월하의 마음》).

이처럼 여건이 허락하는 한 다양한 색을 만들고 썼던 조선인데 그중에서도 조선 왕실은 최상의 안료와 염료를 엄선해 최고의 색을 뽑아내던 곳이다. 조선의 색, 유물의 색 하면 자연스레 떠오르는 흐리고 낡은 잿빛을 걷어내고 진짜 조선 왕실의 색을 감상해보자.

연 ◇

왕이 타던 화려한 배색의 가마다. 왕비의 행사용 가채를 닮은 머리 부분의 검정색 장식과 대비되는 옆면의 밝은 노랑이 정말 좋다. 조선 왕실 유물 중 이렇게 밝은 노란색이 쓰인 곳이 많은데 실제로 보면 그 선명함이 훨씬 더 생생하게 다가온다. 햇빛을 닮은 색이랄까.

지금 사람들은 인테리어나 소품에 이런 노랑을 많이 쓰지 않는 것 같다. 개인적으로 노란색을 그다지 좋아하지 않았는데 종묘와 고궁박물관에서 이 조선 특유의 노란색을 접한 뒤로 노랑이 좋아졌다. 이제는 좋아하는 색을 이야기할 때 '조선의 노랑'이 좋다고 이야기한다.

그림에 쓰이는 전통 안료 중에서는 웅황을 개어서 바르면 이렇게 밝고 선명한 노란색이 나온다. 옷감 염색용 염료로는 '커큐민'이라는 이름으로 더 많이 알려진 울금과 치자(단무지의 그 치자가 맞다)로 노란색을 낼 수 있다.

격렴

앞서 소개한 가마의 샛노랑과 비슷한 색을 띠었을 주렴(블라인드)이다. 지금은 빛이 바래 본래의 색을 잃었다. 원래 노랑이나 분홍이 자외선을 견디는 견뢰도가 떨어지는 편이다. 사진으로는 사이즈를 실감하기 어려운데 무려 높이가 2.3미터, 너비가 1.9미터에 달하는 거대한 크기다. 덕수궁 일부 전각에 비슷한 주렴이 걸려 있으니 기회가 된다면 실제 사이즈를 눈으로 직접 확인하면 좋겠다.

이렇게 큰 대나무 블라인드가 엄청나게 쨍한 노란빛을 띤채 문에 걸려 있었다는 상상을 하면 궁에 대한 색채 이미지가 단번에 바뀔지도 모른다. 고층 건물이 없던 시대인데 이처럼 기묘하게 큰 사이즈의 물건이 종종 나온다. 이럴 때 '왕실은 왕실이구나' 하는 실감이 든달까.

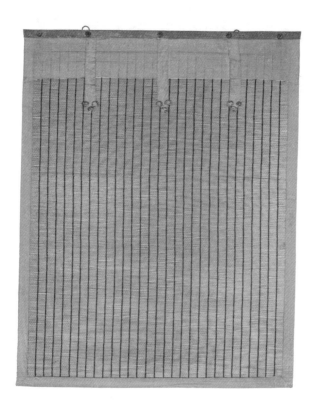

영친왕 익선관

왕과 왕세자가 집무할 때 쓰던 익선관은 우리가 사극에서 흔히 보는 것처럼 보통 검은색으로 제작되는데 영친왕의 익선관은 무슨 이유인지 진한 보라색으로 만들어졌다. 명암에 따라 그늘진 곳에서는 검은색으로, 밝은 곳에서는 붉은 톤의 보라색으로 보였을 것이다. 영친왕과 고종, 순종이 함께 찍은 황실 사진(교과서에 많이 실리는 사진이다)에서 영친왕이 착용하고 있는 익선관이 이 자색 익선관인 듯하다.

나는 토끼 같기도, 생쥐의 얼굴 같기도 한 이 익선관의 뒷면을 좋아한다. 둥근 언덕 두 개가 삐죽 나와 있는 정면도 좋지만 동물을 그려놓은 것 같은 뒷면이 무척 귀엽다.

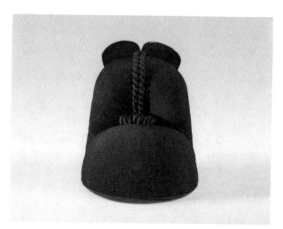

영친왕 익선관보

앞의 자색 익선관을 보관하던 보자기다. 2000년대 중반 즈음 크게 유행했던 핫핑크가 강렬한 인상을 준다. 이 엄청난 핑크색 보자기에 싸인 진보랏빛 익선관을 상상해보자. 2020년대 케이팝 아티스트가 뮤직비디오 소품으로 사용해도 어색하지 않을 컬러감이다.

신여주렴

꽃모양의 술이 장식된 주렴으로, 붉은색과 녹색의 배합이 예쁘다. 신주를 모시는 작은 가마인 신여에 달아 장식하던 것이다. 대나무에 붉게 물을 들이고 초록색 실로 대나무를 엮었다. 매듭도 거북 모양. 단정하면서도 단조롭지는 않은, 은은하게 화려한 느낌이다. 클라이언트의 '모던한데 클래식하고 화려하면서도 깔끔하게 해주세요'라는 요구에 부합하는 디자인이 아닐까 한다.

영친왕비 오방색 장신구 상자

전통색인 오방색의 매력이 잘 드러나는 유물이다. 색의 조합 자체는 전혀 촌스럽지 않은데 현대 한국에서 오방색을 잘 살린 공예품 등을 찾아보기 힘들어 오방색 하면 촌스러운 옛날 색이라는 인식이 퍼지게 된 것 같다. 전면부 이외에 장식 끈에도 오방색실을 사용했다. 시간이 지나 색이 바랜 상태이니 처음은 훨씬 더 생기 넘치는 색이었으리라.

영친왕비 패옥

의례 등 왕실 행사 때 왕과 왕비, 문무백관이 찼던 장신구다. 맑고 청아한 느낌의 옥 뒤로 배치된 세련된 오방색이 눈길을 사로잡는다. 작은 옥구슬이 쪼르륵 길게 이어져 걸음걸이마다 옥이 부딪치는 가볍고 맑은 소리가 났을 것이다.

영친왕비 적의와 대대

조선 왕실의 의례용 복식은 형태가 매우 복잡하고 옷 위에 옷을 겹겹이 껴입는 구성으로 이루어져 있다. 그중에서도 적의와 대대는 가장 바깥에 입는 의복이다. 한 쌍의 꿩을 무늬로 만들어 넣은 새파란 적의(적의의 '적'은 꿩 적翟 자를 쓴다) 위에 패옥과 대대를 매서 장식을 더했다.

하나같이 쨍한 색감이다. 허리에 매는 대대 뒷면은 붉은색 비단이 덧대어져 있다. 걸을 때나 절을 할 때 슬쩍 보이는 면의 멋까지 놓치지 않은 조상님의 센스랄까 집요함이랄까.

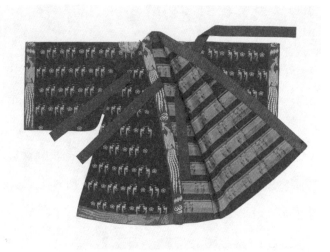

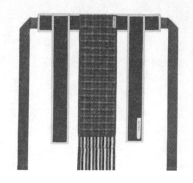

189

영친왕비 청말

앞의 적의에 사용된 푸른 비단으로 만든 왕비의 버선이다. 현대의 염색 기술로도 쉽게 재현할 수 없을 것 같은 이 새파란 양말을, 남보라빛이 도는 의례용 신발 청석과 함께 신었다.

오색 구슬 장식을 더한 꿩 패턴의 붉고 푸른 적의를 입고 머리에는 반짝이는 보석 비녀를 빼곡하게 꽂은 채 새파란 비단 양말과 보랏빛 비단 신발을 챙겨 신은 왕비라니. 300미터 밖에서도 단연 눈에 띄었을 것 같다.

족두리

이 역시 영친왕비의 유물로 현대와 가장 가까운 시기의 왕실 인물이기에 영친왕비와 관련된 물건이 박물관에 다수 소장되어 있다. 족두리는 영·정조 때 가체를 금지한 이후 조선 여인들 사이에서 크게 유행한 아이템이다. 머리 위쪽에 빵실하게 포인트를 주는 전통 액세서리로 사극에도 자주 등장하기 때문에 익숙할 것이다. 안에는 가벼운 솜을 넣고 보랏빛이 도는 비단으로 겉을 매끄럽게 마감했다. 주변에는 옥으로 목숨 수壽 자와 복 복福 자, 경사의 기쁨을 표현하는 쌍희 희囍 자를 조각해 달았고 위에 꽃모양 옥과 노란 산호를 올렸다. 수정과 위에 호박을 띄운 것 같은 귀여운 모양이다.

착용하면 생각보다 가볍다! 머리숱도 많아 보이고 시선을 위로 올리는 효과가 있어 은근 현대인에게도 잘 어울리는 장신구다. 지드래곤이 한번 착용하면 몇 년 뒤에는 유행이 된다던데… 살짝 기대해본다.

향장

강렬한 인상을 주는 샛노란 빛의 가구다. 조선 왕실의 제사를 담당하던 종묘에서는 이렇게 선명하면서도 지나치게 밝지는 않은, 무게 있는 노란색을 많이 썼다. 노란색은 오방색 가운데 중앙을 담당하는 색으로 다른 색들 사이에서 중심을 잡아주는 역할을 한다.

옥제연리문쌍이잔

양쪽에 두 귀가 달린 잔으로 영조의 열 번째 딸 화유옹주의
부장품이다. 청나라 수입품으로 추정되며 은은한 무늬가 근사
한 분위기를 내준다. 진한 갈색 부분에서는 한때 유행한 비전
냄비(갈색 유리 냄비)가 떠오르기도 하고… 뜨거운 차를 따라도
안전하게 잔을 집어 들 수 있도록 양쪽 귀로 나름의 실용성을
더했다. 부장품으로 쓰인 것을 보면 화유옹주가 곁에 두고 아
끼던 잔이 아닐까.

황채장미문병

앞선 찻잔과 마찬가지로 화유옹주의 무덤 부장품 가운데 하나다. 이 역시 남편인 문신 황인점이 청나라에 다녀오며 구매한 것으로 추정하고 있다. 이들 유물을 통해 영·정조 시대에 들어 양반가와 궁중 사람들이 인테리어 소품으로 청나라 물건을 여럿 사용했다는 사실을 추정할 수 있다.

조선 물건과는 스타일이 좀 다르지만 화사한 색을 여럿 사용했을 당시 왕가 여인의 방에는 잘 어울렸을 것이다. 들꽃이나 풀꽃을 꽂아 장식해도 아주 예뻤을 테고 크기도 15센티미터 남짓으로 장식장이나 옷장 등 어디에 두어도 포인트가 되는 사이즈다. 은은한 음각 문양이 멋을 더한다.

녹유리장경각병 ◇

화유옹주의 부장품으로 짙은 녹색이 인상적인 유리병이다. 현대적인 모양에 세련된 색감으로 바로 어제 인테리어 소품 숍에서 사 왔다고 해도 이상하지 않을 디자인이다. 어떤 꽃을 꽂아도 어울릴 만한, 심지어 꽃을 꽂지 않아도 그 자체로 예쁜 물건인데 이쯤 되니 화유옹주의 방은 어떤 모습이었을지 몹시 궁금해진다.

이 병도 청나라 수입품일 가능성이 높지만, 일상에서 흔히 볼 수 없는 새로운 디자인의 상품을 고르고 사용한 데는 화유옹주 부부의 취향과 안목이 크게 작용했을 테니까.

강자백옥패물

백옥을 깎아 편안할 강康 자 모양으로 만든 장신구다. 눈처럼 하얀 백옥에 어울리는 밝은 색의 실을 이용해 주변을 장식했다. 보고 있으면 정말로 마음이 맑고 '편안해지는' 색 조합이다.

주머니

보랏빛 수레국화를 수놓은 연노랑 비단으로 만든 주머니다. 국화와 잘 어울리는 청보라색 끈으로 장식을 마감했다. 현대인의 눈에는 낯선 노란색과 보라색, 초록색의 조합인 데다 무늬 역시 독특한 모양이지만 하나도 번잡스럽지 않고 소담하니 예쁘다.

04.
고급 노동력의
상징

지금은 패턴에 패턴을 겹치는 조합이 다소 과감한 코디네이션으로 인식되지만 조선시대에는 온몸에 패턴을 두르는 것이 이상하지 않은 패션이었다. 물론 보통 사람들은 복잡한 문양으로 수를 놓아 직조한 비단 옷을 매일같이 여러 겹 챙겨 입기 어려웠지만 왕실의 손과 시선이 닿는 모든 곳에는 화려한 모양과 색의 (노동력을 갈아 넣은) 무늬가 가득했다.

단학문 흉배

조선시대 공무원들의 관복에는 모두 동물이 수놓아진 표장을 붙이도록 했다. 그것도 상당히 큰 사이즈로. 두 날개를 펼치고 날아오르는 학, 귀엽게 꼬리를 말아 올린 해치, 사슴 혹은 말을 닮은 기린, 호랑이와 거북이까지 종류도 다양했고 그림체도 어딘가 익살맞고 귀여운 구석이 있었다.

단학문은 문관의 관복에 사용하던 무늬다. 지금은 고위 공무원이 되면 다들 어두운 색의 재미없는 정장을 입는데, 알록달록한 동물 흉배를 붙여 다니는 문화가 지금까지 이어졌다면 그분들이 덜 싸우지 않았을까?

어제어필(영조) 균공애민 절용축력

영조가 경제 업무를 담당한 정무 부서에 내린 현판으로 '돈을 아껴 쓰고 절약하고 조세를 고르게 하여 백성을 사랑하자'라고 적혀 있다. 일종의 '아나바다' 캠페인 포스터를 왕의 필체로 만들어 걸어둔 것인데 좀 과한 느낌도 들고… 그런 의미의 글귀를 담기엔 프레임이 너무 화려하지 않나 싶고….

액정서도좌목

궁궐 창고와 비슷한 역할을 했던 액정서의 관리 관청 관원들의 이름과 본관, 출생 연도 등 인적 사항을 기입한 현판이다. 임금이 기거하던 전각 창고에 걸어두던 것인데 가장자리의 무늬가 엄청나게 화려하다. 마름모 두 개를 합친 문양인 방승문부터 동물 장식, 오방색을 조합해 만든 추상적인 무늬까지 빈틈없이 빼곡하게 그려 넣었다. '다이어리 꾸미기' 문화가 조선 시대에도 있었다면 정말 대단한 유물이 많았을 텐데….

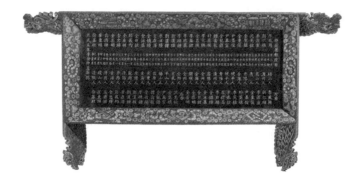

주머니용 화병문 목판

화려한 색실을 이용해 비단에 무늬를 짜 넣으려면 많은 품을 들여야 했다. 재료도 비싼 데다 고급 인력을 써야 했고 제작 기간도 길었다. 자수와 직조보다 품이 덜 드는 방법으로 목판을 활용해 금박이나 색을 찍어내는 기법이 있었다.

이 화병문 목판은 주머니를 만드는 데 사용하던 물건이다. 손에 쏙 들어가는 사이즈로 비단이나 천을 재단하고 그 위로 이 목판을 이용해 무늬를 더했을 것이다. 항아리와 꽃나무, 꽃나무에 앉은 새까지 섬세하게 조각되어 있다. 실제 크기가 6센티미터가량이니 정말 깨알 같은 화려함이다. 왕실에서 사용한 주머니라면 수놓은 비단에 이 금박 문양까지 추가했을지도 모르겠다.

원삼용 '수복' 자 도류불수화문 목판

조선시대 여성 의복인 원삼에 금박 장식을 넣을 때 사용하던 목판이다. 꽃과 불수감나무 등의 문양을 풍성하게 넣고 그 사이에 장수와 복을 기원하는 의미로 목숨 수壽 자와 복 복福 자를 번갈아 넣었다. 영조의 어린 시절인 연잉군 초상화에서도 금박 장식이 된 왕실의 옷을 볼 수 있다.

이보다 섬세하고 작게 조각한 목판을 사용해 책의 표지를 디자인하기도 했고 염색한 종이에 목판으로 무늬를 찍어 벽지로 사용하기도 했다. 지금 궁에서는 염색한 종이에 무늬를 넣은 벽지를 볼 수 없다. 노란색과 분홍색 등으로 염색한 종이에 화사하게 펼쳐졌을 패턴, 그 앞에 놓였을 정갈한 가구와 예쁜 화병. 무채색의 눅눅한 궁궐 전각 내부의 이미지를 지우고 상상력을 발휘해 원래 모습을 그려보자.

211

봉황문인문보

리넨(마) 위에 안료와 염료로 직접 문양을 그린 보자기다. 최근 케이팝 아티스트들이 뮤직비디오와 공연에서 이 문양을 모티브로 한 의상을 입어 화제가 되었다. 배경을 핑크빛으로 깔고 꽃과 열매, 칠보 무늬와 목숨 수壽 자를 풍성하게 그려 넣었다. 천 뒷면에 안료가 흐릿한 색감으로 배어나와 있는데 그마저도 다른 느낌으로 예쁘다. 조선 왕실은 육색(분홍색), 삼청색(하늘색) 등 파스텔 톤의 간색을 왕실 특유의 개성을 드러내는 색으로 자주 사용했다.

05.
조선의
인장

코로나 이후 박물관 관람이 쉽지 않은 일이 되었다. 전시 횟수도 줄었고 방역 단계에 따라 관람 인원도 크게 제한된다. 찾아주는 사람이 없어서 문제가 되었으면 되었지 다른 이유로 박물관에 들어가지 못할 일이 생길 줄이야 꿈에도 생각지 못한 일이다. 이런 와중에 긍정적인 면을 찾자면 온라인으로 접할 수 있는 고화질의 유물 사진 자료의 수가 많이 늘었다는 것이다.

크기가 너무 작거나 빛을 반사하는 재질로 만들어진 물건들은 박물관의 전시 환경에서 그 매력을 발견하기 어려울 때가 있다. 고해상도 모니터를 통해 고화질의 사진으로 볼 때 진가가 드러나는 유물도 있는 것이다.

지면을 통해 유물을 소개하고 있는 만큼 사진 자료에서 그 매력이 배가되는 유물을 함께 보고 싶다. 이상하게 박물관에서는 눈에 잘 띄지 않는 인장(도장)들이다. 많이 알려져 있듯 조선은 기록과 글과 문서를 집착적으로 사랑한 나라였다. 그만큼 도장으로 멋을 내고 권위를 표하는 일이 많았고, 도장의 모양도 가지각색이었다.

석제 '옥결빙청' 인장

문서나 의례용 도장이 아닌 개인용 도장, 사인私印이다. '옥인 듯 얼음인 듯 깨끗하고 맑다'는 의미의, 깨끗한 인품을 칭송하는 글귀가 새겨져 있다. 얼음을 닮은 투명한 돌을 깎아 만든 모양에 꼭 어울리는 문구다. 재질과 글귀가 딱딱 들어맞는 편안함.

석제 '취경작사' 인장

한동안 유행했던 버블티를 돌로 만들어 굳힌 것 같은 도장
이다. 강직한 느낌의 이 도장에는 '경서를 밥을 짓듯 익히고 사
서를 연구해 계획을 세운다'는 뜻의 두둑한 배포가 담긴 글귀
를 새겨 넣었다.

석제 '청천석상류' 인장

먹이 층층이 밴 듯한 돌 자체도 근사하지만 붉은 인주가 도
장의 몸체를 타고 올라가 붉게 물든 부분이 돌 본연의 색과 잘
어울려서 좋다. '맑은 샘물이 바위 위로 흐르네'라는 의미의 문
장이 각인되어 있다. 창덕궁 후원의 옥류천을 연상시키는 도장
이다. 글자도 돌 사이에 물이 흐르는 것 같은 모양으로 조각되
었다.

황제지보

공을 물고 있는 강아지가 장난을 치려고 엉덩이를 지그시 뒤로 빼서 들고 있는 듯한 깜찍한 모양이다. 세밀한 조각에서 여타의 도장과는 다른 격을 엿볼 수 있다. 대한제국의 국새로 사용되던 옥도장이다. 국외 반출되었다가 60년 만에 한국으로 돌아온 환수 유물이다.

에필로그

'싫어하는 것도 결국 사랑이다'라는 말, 정말 무섭고 싫었는데 책을 모두 쓰고 보니 어느 정도 맞는 말이었던 것도 같다. 편한 자리의 좀 격해진 대화에서는 단호하게 '고궁이 싫다'고까지 했었는데 본심은 그만큼 관심이 있었고 친해지고 싶은 것이었을지 모른다. 속으로는 좋아할 준비를 다 해놓고 이상한 자존심에 흐물흐물 어색하게 구는 것처럼.

이런 불순한 안내자가 이끄는 산책에 기꺼이 동행해준 분들께 감사한 마음을 전한다. 실은 내 궁궐 영업이 성공적이었는지 무척이나 궁금하다. 정말 궁궐에 가고 싶어졌느냐고, 궁궐의 어떤 부분이 가장 보고 싶어졌느냐고 묻고 싶지만 꾹 참고 그저 떠올려보려 한다. 궁궐의 돌을 한 번 더 들여다보는 사람을, 궁궐의 나무를 조심스레 헤아려보는 사람을, 궁궐의 진짜 색을 상상해보는 사람을.

마지막으로 궁궐의 예쁜 구석들을 그보다 더 아름다운 사진으로 담아준 정멜멜 사진작가에게 진심을 다해 감사의 말을 전한다.

참고문헌 및
웹사이트

| 참고문헌

박상진, 《궁궐의 우리 나무》, 눌와, 2006

안휘준, 《동궐도 읽기》, 한국문화재보호재단, 2015

역사건축기술연구소, 《우리 궁궐을 아는 사전》, 돌베개, 2015

영건의궤연구회, 《영건의궤 – 의궤에 기록된 조선시대 건축》, 동녘, 2010

조재모, 《궁궐, 조선을 말하다》, 아트북스, 2012

한영우, 《동궐도》, 효형, 2007

허균, 《궁궐 장식: 조선왕조의 이상과 위엄을 상징하다》, 돌베개, 2011

홍순민, 《우리 궁궐 이야기》, 청년사, 1999

| 웹사이트

국립고궁박물관 gogung.go.kr

국립중앙박물관 e 뮤지엄 emuseum.go.kr

문화재청 경복궁 royalpalace.go.kr

문화재청 국가문화유산포털 heritage.go.kr

문화재청 덕수궁 deoksugung.go.kr

문화재청 창경궁 cgg.cha.go.kr

문화재청 창덕궁 cdg.go.kr

서울역사박물관 museum.seoul.go.kr

* 4장 〈궁궐의 물건〉에 삽입된 사진은 모두 국립고궁박물관 및 국립중앙박물관 소장 자료임.

사진 정멜멜

동료들과 함께 서울에서 스튜디오 텍스처 온 텍스처를 운영하고 있다. 다양한 규모의 국내외 브랜드와 매체, 작가 및 디자이너와 함께 사진 관련 프로젝트들을 진행한다. 공간을 이루고 있는 인물과 사물, 그 자리에 감도는 기분이나 분위기를 포착하는 일에 관심이 많다. 단독 전시 〈varying texture〉를 비롯 〈olympic effect〉, 〈w show〉, 〈the scrap〉 등 다수의 단체전에 참여했다.

K-궁궐을 여행하는 히치하이커를 위한 안내서

아주 사적인〵궁궐 산책

초판 1쇄 발행 2021년 5월 18일
초판 4쇄 발행 2022년 6월 7일

지은이 김서울
펴낸이 김선식

경영총괄 김은영

기획·편집 김은하 **디자인** 심아경 **책임마케터** 오서영
콘텐츠사업3팀장 이승환 **콘텐츠사업3팀** 김은하, 김한솔, 김정택
저작권팀 한승빈, 김재원, 이슬 **편집관리팀** 조세현, 백설희
마케팅본부장 권장규 **마케팅1팀** 최혜령, 오서영
미디어홍보본부장 정명찬 **홍보팀** 안지혜, 김은지, 박재연, 이소영, 김민정, 오수미
뉴미디어팀 허지호, 박지수, 임유나, 송희진, 홍수경
재무관리팀 하미선, 윤이경, 김재경, 오지영, 안혜선
인사총무팀 이우철, 김혜진, 황호준
제작관리팀 박상면, 최완규, 이지우, 김소영, 김진경
물류관리팀 김형기, 김선진, 한유현, 민주홍, 전태환, 전태연, 양문현
외부스태프 정멜멜 포토그래퍼

펴낸곳 다산북스 **출판등록** 2005년 12월 23일 제313-2005-00277호
주소 경기도 파주시 회동길 490 3층
전화 02-704-1724 **팩스** 02-703-2219 **이메일** dasanbooks@dasanbooks.com
홈페이지 www.dasan.group **블로그** blog.naver.com/dasan_books
종이 한솔피엔에스 **인쇄** 민언프린텍 **후가공** 제이오엘엔피 **제본** 국일문화사

ISBN 979-11-306-3765-5 (03810)

다산북스는 독자 여러분의 책에 관한 아이디어와 원고 투고를 기쁜 마음으로 기다리고 있습니다. 책 출간을 원하는 분은 이메일 dasanbooks@dasanbooks.com 또는 다산북스 홈페이지 '투고 원고'란으로 간단한 개요와 취지, 연락처 등을 보내 주세요.